@小説

青春・愛情・物語

Illustration by 越島羽空

淺生 靜
文學院大二生。沈默寡言，喜歡獨處。似乎滿受女生歡迎的……
遠野 詩織
文學院大三生，將右手無名指上的戒指視若珍寶。個性文靜，喜歡閱讀。

Illustration by 越島羽空　Photo：BUNDAN COFFE & BEER

阿徹
二手書店兼雜貨屋「時鐘小偷」的老闆，店裡賣的首飾全出自他的巧手。鮮少開口說話。
智子姐
與老公阿徹一同經營「時鐘小偷」。個性直爽，擅於照顧人。

春見 洋介
個性開朗的運動好手。十五歲獨自赴美留學，回國後插班進入高一就讀，在那裡遇見了詩織。
遠野 詩織
（高中時期）
個性怕生，喜歡閱讀，是班上的圖書股長。遇見春見後對他產生了情愫……
Illustration by 越島羽空

Dear ディア

19's Sound Factory 原作　深澤仁 小說
越島羽空 繪圖　劉愛夌 譯

目錄

楔子 005

香菸、咖啡，以及單戀 011

1. 時鐘小偷 015
2. 生日禮物 039
3. 透明世界 072

記憶中的你 103

1. 向星星許願 107
2. 初戀 134
3. 迴盪不已 163

空海交界之處 193

1. 相戀 198
2. 信 214
3. 水平線的另一端 245

終章 263

楔子

「妳願意當我的女朋友嗎？」
我不知道自己怎麼會說出這句話。
冬天晚上近八點，大一的我剛打完「時鐘小偷」的工，正要走去搭公車。心撲通撲通地跳著，我能感覺到插在黑色牛角釦大衣口袋中的雙手正在冒汗。
我這才意識到自己剛才說了什麼。
走在稍前方的詩織停住了腳步，卻沒有回頭。我想她一定是嚇到了，但我何嘗不是呢？在完全沒有心理準備的情況下進行了人生第一次告白，而且還是脫口而出。
冷風吹得我臉頰發疼，我不禁縮起了下巴。
在她回答前，我已知道自己會被拒絕。
「——抱歉。」
下一秒，詩織立刻轉過身來說道。她微歪著頭，順了順被風吹亂的及腰黑長髮。
「我只把阿靜你當學弟。」
彷彿在看什麼刺眼的東西似的，她瞇起眼睛看了我一眼，隨即低下頭，躲避我的目光。
我比詩織高，只要她一低頭，我就看不見她的表情了。這讓我有些不知所措，只好把視線移向她的雙手。她的左手緊握著右手，我知道詩織的右手無名指上戴著戒指。畢竟她是我的暗戀對象，我當然知道。那是一枚有些老舊的素面銀戒，不甚華麗卻乾淨素雅，很適合平常不戴飾品的詩織。

其實我本來並沒有要告白。

她住的公寓就在公車站牌過後不遠。只要能在下班後送她回家，我已別無所求。

可是，剛才有一對與我們年紀相仿的情侶挽著手迎面走來，詩織吐著白氣向他們微微一笑，接著就用迷路少女般的無助表情望向天空，彷彿在永無止境的遠處找尋著什麼似的。她是那麼地專心，專心到忘了我就走在她身旁，就連我停下腳步她都沒有發現。幾步的距離，我便不受控制地開了口。

詩織緩緩抬起頭來。見到她躊躇的表情，我忍不住苦笑。為明明被拒絕了，卻絲毫不覺得受傷的自己感到可笑。

至少此時此刻，她已不是在仰望夜空了。

「我明白了，對不起，嚇到妳了。」

「……不會。」

「忘了這件事吧。」

詩織輕輕「嗯」了一聲，僵在原地無法動彈。

我幾個箭步走到她身邊，和她保持距離並肩走著。我知道她很緊張，沒錯，是她，不是我。我若無其事地與她一起走過公車站牌，在她家巷口停住腳步。

「那我先走囉。」

「好。」

「忘了剛才的事吧。」

聽到我又說了一次，一路上都低著頭的詩織終於抬起臉來，用眼神告訴我「怎麼可能忘得了」。她咬了一下唇，下一刻又立刻鬆開，最後還是說不出合適的話語，只好做出一個不知是點頭還是低頭的動作。

「我會的……」

「店裡見。」

「晚安。」

直到看不見她的背影，我才轉身往回走。

走著走著我發現，原來這就是單戀的感覺。

就像走在永無止境的單行道上。

心願無法實現，心意無法相通，被刻意躲避，被無意忽略，令人痛不欲生，卻無法輕言放棄。

那一夜，我才知道自己竟然也能陷得那麼深。

香菸、咖啡，
以及單戀

Dear 詩織，

Hi，詩織，最近過得好嗎？抱歉這封信和上封信隔得有些久，回過神來竟然已經五月了。我這邊期末考快忙翻了，妳那邊新學期才剛開始吧？以前洋介常跟我說，日本什麼都以春天為始。那傢伙最喜歡春天了。

我這大致上都很順利，大致上啦——除了跟艾咪吵架之外。我跟她預計夏天要去旅行，但她想去墨西哥，我想去義大利，要是以前我一定會讓著她，但這次不同，因為我要進行一個特別的計畫。我爸跟我媽就是在義大利相遇的，妳不覺得美國人和日本人在義大利相識定情，真的很浪漫嗎？

詩織，快猜猜看我的計畫是什麼。

對了，下個月是妳的生日，妳有想要的東西嗎？不告訴我的話，小心我到好萊塢買一尊奧斯卡小金人給妳喔。順利的話，我下個月會去一趟義大利，還是妳想要義大利的東西？再告訴我哪個好喔。

Sincerely, Lee

Dear Lee,

是什麼計畫啊？好難猜喔。難道說，令尊是在義大利向令堂求婚的？……開玩笑的啦。

李，我知道你的計畫一定會成功，不是「相信」喔，是「知道」。

我這邊一切如舊，頂多就是打工的店裡有位同事離職，工作變得比較忙而已。還好升大三後課比較少，沒受到什麼影響。

謝謝你記得我的生日。跟奧斯卡小金人比起來，義大利的東西好像比較吸引人耶。你可以寄漂亮的明信片或照片給我，比方像是……計畫執行地的照片之類的。

Sincerely, 詩織

1 時鐘小偷

只剩一根菸了。

我小心翼翼地取出最後一根菸，用右手把空菸盒揉成一團。

大學吸菸區的菸灰缸設於垃圾桶的上層，上面有口香糖、紅筆塗鴉、被人踢凹的痕跡，宛如一隻從沒洗過澡的野狗般狼狽。「室外的垃圾桶感覺要髒一點比較靠得住。」我一邊這麼想，一邊將菸盒投入漆黑的投擲孔中。

我悠悠吸了一口菸，和平常一樣，享受那壽命延長一秒的錯覺。

對我而言，五月是既短暫又珍貴的月分。因為這座戶外吸菸區沒有屋頂，冬冷夏熱，一下雨就淋成落湯雞，所以五月在這裡抽菸顯得格外舒適宜人。雖說稍遠處就有可以躲雨的吸菸區，但我總是選擇這裡。

原因只有一個，因為這裡位於圖書館大門的旁邊。

空堂時來這邊放空抽菸，偶爾能遇見詩織。

「淺生！」

有女生在喚我的名字，但不是詩織。詩織不是這樣叫我，也不會發出這麼大的聲音。

「淺生。」

我原本用手指夾著菸在擦眼鏡，戴上眼鏡抬頭一看，一個女生「咚」的一聲輕跳到我面前——是從大一就跟我修同一堂英文課的三谷。她留著淺咖啡色的及胸微鬈長髮，每次都穿得跟雜誌上的模特兒一樣，今天穿著一套白色襯衫搭配牛仔褲，肩上披著綠色的開襟針織衫。

和大多文學院的女孩一樣，三谷的個性開朗健談，給人一種不太正經的感覺。

「辛苦了，你在幹嘛？」

我睨了一眼旁邊的菸灰缸。

「妳說呢？」

「你在進行肺癌儀式。」三谷講著講著自己笑了，「好抽嗎？」

「嗯。」

「借我抽抽看。」

有人從圖書館走出來，但不是詩織。

「那可不行。」

我躲開三谷伸過來的手，將菸摁熄在菸灰缸中。短短的菸身就這麼墜入黑洞，消失在充滿菸灰的黑水之中。我看了看手錶，離第四節課還有五分鐘。

「一起走吧。」三谷抬頭看著我說。

「去哪？」

「你下堂課是什麼？」
「美國文化。」
「哪間教室？」
「三十八號館。」
「那，我也去上那堂課好了。」
「……為什麼？」
三谷意有所指地輕笑了兩聲。標準的女生。我心想。淨問些一目了然的事，該回答的問題卻避重就輕。這種女生可愛是可愛，但相處太久會令人生膩。
我走出吸菸區，三谷一副理所當然的樣子跟了上來。
「如果妳不會吵我上課，就來吧。」
「那樣很無聊耶！」
「老師比較有趣。」
「你的意思是，聽老師說話比聽我說話有趣？」
「我是說比聽我說話有趣。」
「才不會呢！」
「好吧，那比聽妳說話有趣。」
「你很過分耶！說話超狠的！真是個虐待狂。」

虐待狂？這三個字有夠蠢的。正要踏上樓梯時，我感覺到有人在看我，停下腳步轉頭一看，在學生餐廳的入口發現了視線的來源——詩織。

她好像也是剛注意到我，一副剛停下腳步的樣子，嘴型呈「啊」的形狀。身材嬌小的她身穿藏青色洋裝，在人群中顯得更迷你了。

她向我輕輕點頭示意。

好久沒和她對到眼了。

每每和她四目相接時，我總是這麼想。

「誰啊？你朋友？」

不等一臉愕然的三谷說完，我已朝詩織走去。見我走來，詩織瞬間顯得有些緊張，我們認識也有半年多了，在同一間店打工，念同一所大學，就連學院也一樣，真希望她可以早日習慣我們的偶遇。

「詩織，午安。」

一般大學生打招呼都是說「辛苦了」，但詩織不這麼說，所以每次遇見她，我都會配合她改變打招呼的方式。

「午安，阿靜。」

詩織微微一笑，笑容中混有兩成的不知所措。

「你等等有課？」

「對啊，在樓上教室。妳呢？」

「我本來第四節有課，來了才發現今天停課。」

我們無語對視了兩秒，率先打破沉默的是詩織。

「阿靜，上課時間到囉，而且你朋友在等你。」

我很想告訴她三谷不是我朋友，但說這種話似乎太自以為是了。

「好，那晚點見。」

「嗯。」等詩織點頭後，我轉身上樓，三谷見狀趕緊跟了上來。

「她是誰啊？」

「學姐。」

「什麼的學姐？」

「什麼意思？」

「你沒有加入社團不是嗎？」

「是啊。」

我頭也不回地開門走進教室，惹得三谷用鼻子哼氣表達不滿。

「淺生，你平常都駝背，剛才倒是站得很挺呢。」

＊＊＊

「時鐘小偷」是間二手書店兼雜貨店，店主是一對三十幾歲的夫妻——智子姐和徹哥。這間店離我們大學走路十分鐘左右的距離，約二十坪大，改裝前原本是家咖啡廳。老舊的紅磚屋身在五十年前是非常時髦的設計，如今看上去卻像參雜在彩色照片中的棕色復古照片，但我個人相當中意。

店裡主要是賣藝術方面的雜誌、西洋書籍，以及旅行、料理等較偏向個人興趣的圖書，漫畫和文庫本就比較少見了，而飾品皆出自老闆夫婦之手。

上完第四節課，我直接前往「時鐘小偷」，到達時正好是四點半整。這家店整體而言非常隨性，班表其實沒有太大的意義，我要幾點來都可以。從今年春天起，工讀生只剩下我和詩織。因我倆同屬課業壓力較輕的文學院，又都沒有參加社團，所以經常泡在店裡。

「……午安。」

見徹哥站在店門口弄東西，我上前向他打招呼。

他轉頭向我微微點了點頭，那是他知道有人來了的信號。「沉默寡言」已不足以形容他不愛說話的程度，一整天沒聽他吭聲是家常便飯。因此，每每看到人高馬大、留著一頭短髮的徹哥，我總會想到巨大的岩石。

徹哥迅速完成手邊的工作後，一言不發地開門走進店裡。門上的掛鈴叮鈴作響，我因為想看他到底在門上裝了什麼，所以沒有跟著進去。

「……」

咖啡廳時期沿用至今的焦褐色店門上，掛了一個約五十公分長、以各種顏色的毛線編織而成的小吊床，上面躺了一個紅髮女孩的布娃娃。這隻布娃娃是店裡的商品，小吊床則是第一次看到。

可愛是可愛，但有些莫名其妙。

打開店門，店裡似乎沒有客人。「時鐘小偷」裡總飄著一股微微的咖啡香，一進門就會沾上揮之不去的咖啡氣味。

「喔！阿靜！你來啦？看到了嗎？」

櫃檯傳來智子姐宏亮的聲音。

「午安。」我走到她面前打招呼。

智子姐正在讀一本如圖鑑般厚重的書，見到我來，抬頭給了我一個微笑。她平時總在看圖片比文字多的書，臉上掛著孩子在聖誕節早上才有的開心表情。

「妳是說吊床嗎？」

「對啊，很漂亮吧？」

「怎麼會突然想掛那個東西？」

「因為這個！」

智子姐把書轉向我，那是一本介紹國外兒童房的室內布置書，上面的吊床和門口的如出一轍——彩虹色的七彩吊床從樑上垂吊而下，上頭睡著一個小學生年紀的紅髮女孩。

「很像吧？我一直吵著想要，結果阿徹昨晚就幫我做了一個。」

徹哥雖然外表粗獷，雙手卻出奇地靈巧。無論智子姐提出多麼誇張的要求，他都會設法完成她的願望，像是兩代同堂鳥籠、娃娃屋專用的上下鋪，甚至是能夠飛很遠的竹蜻蜓，他都有辦法生出來。

「好強。」

「阿徹真的很厲害。不過啊，我想要的其實是真正的吊床。」

「真正的吊床？」

「就是那種我可以睡的吊床啊，但店裡應該放不下吧。」

「妳要吊床做什麼啊？」

「笨耶，這還用問？當然是躺在上面，一邊喝清涼的檸檬水一邊看書、睡午覺啊！」

智子姐的視線落在照片上，一臉陶醉的表情。一個老闆娘該在店裡做這種事嗎？不，應該說，只有老闆娘才能在店裡做這種事。

我抬頭看了看天花板。

「可是這裡又沒有可以吊的地方。」

「你也太切實際了吧。」

智子姐瞇起雙眼，用右手做出手槍的手勢對我開了兩槍。她的言行舉止總讓人想起某些青少年。

「我來顧櫃檯，你去內場幫小詩。今天要整理的書堆得跟山一樣。」

應聲後，我繞進櫃檯，走進一間兩坪半大的房間。這裡是智子姐口中的「工場」，徹哥正在裡頭做首飾。我打開工場前方的置物櫃，拿出墨綠色的圍裙穿上。這間店沒有制服，工讀生只需在便服外面套上這種圍裙即可。

除了工場之外，內場還有小廚房、廁所、半大不小的倉庫，以及空曠的工作區。我和詩織基本上都是待在工作區裡，工作區的四周全是書架，中間有兩張直併的長桌，桌旁放著五張散亂的折疊椅。今天長桌上放了將近三十本書，詩織正埋頭檢查其中一本，聽到聲音才抬起頭來。

一股微微的力量流向我的指尖。

「阿靜，午安。」

「午安，我來幫忙了。」

語畢，我考慮了一秒鐘，最後選擇坐在詩織右方的第三個位子。在工作區，我還沒坐過她旁邊。

「時鐘小偷」的工作內容是固定的——將店裡剛收購的書分門別類，檢查有沒有嚴重髒污，選自己有興趣的書來讀，讀完用麥克筆寫文宣簡介，每小時九百日圓。

詩織說「謝謝，麻煩你了」時，我偷偷瞄了她一眼。

「店門口新掛了一個吊床喔。」

她抬起臉來點點頭。

「是兒童房照片集上的那個對吧？」

「對，而且上面還睡著一個娃娃。」

「那是我剛才和智子姐一起挑的，那孩子和吊床看起來最搭。感覺很幸福對不對？」

詩織輕笑了兩聲，垂下雙眸。她有個習慣，笑的時候一定會微微低下頭，柔順的烏黑秀髮也總會順勢垂至臉旁。那讓她無論何時看起來都像在強顏歡笑，用笑容掩飾心中的寂寞。

我若無其事看向詩織的右手，確認她今天無名指上是否戴著戒指。

這已然成為我每天的功課。然而，看著那枚從未卸下的戒指，有時我真搞不清楚自己是該沮喪還是該安心。

移開視線，我拿起一本離自己最近的書，打算開始工作。

「那本書，」詩織像想起什麼似的開口，「感覺阿靜你應該會喜歡。」

我低頭一看，是一本教人如何泡出美味咖啡的西洋原文書，封面印著兩個裝有咖啡的水藍色杯子。

我的確很喜歡咖啡，徹哥泡的咖啡尤其好喝，但僅僅如此而已。說得極端一點，咖啡又黑又燙又苦，唯一的優點就是和香菸很對味。

「喔，對啊。」

我微笑回答。我知道，詩織對我的喜好不感興趣，正確來說，是她根本不想知道。詩織的周圍彷彿有一層透明的膜，她自己不打算出來，也不准別人進去。她的狀態已不能用「避世」來形容，而是死守著自己的城池，拚上性命也要與世隔絕。

所以，詩織總是小心翼翼地不去過問我的事情，也暗自希望我不要過度干涉她的領域。也因為這個原因，我們的話題永遠圍繞著當下。

聊的事情與自己越無關，她越能夠放鬆心情。這一點，詩織和一般女生完全相反。

——即使如此，只要能和她聊天我就心滿意足了。

我總是這樣安慰自己。

去年秋天第一次見到詩織時，她也幾乎沒開口說話。

＊＊＊

我開始在「時鐘小偷」打工是去年十月，秋意正濃的時候。

以前還是客人時，一開始吸引我的是店外的長椅。那是一張小型的兒童長椅，和傘架呈直角狀排列於店門前，上面放著一塊寫著「時鐘小偷」的牌子，以及幾本店裡的二手書，藉此提醒大家他們是一家二手書店，而不是外觀看起來的老咖啡廳。

長椅上的陳設約一週更換一次，有時是恐龍圖鑑配上在日本沒什麼名氣的國外作家短篇集，有時則是關於吸血鬼的雜誌特輯配上球體關節人偶寫真集。類型相當多樣化，且老是散發出一股悲傷的氛圍。每每經過店前時，我一定會看看這張悲傷的長椅，後來甚至還會刻意繞過去看。就這樣，我成了店裡的常客，有次智子姐主動向我搭話。

——真希望像你這樣的孩子能到我們店裡打工。

當時我不懂這句話是什麼意思，即使到了現在，我還是不明白。不過，她說沒事時可以在店裡看書，沒客人時還可以抽菸，這兩點倒是相當吸引我。而且夏天考完汽車駕照後，我就一直想幫自己找份工作。

——請問一下。

——什麼事？

——那張長椅平常是誰在布置的啊？

我之所以會這樣問，是因為眼前這個人，也就是智子姐，完全和這張悲傷、陰沉的長椅扯不上邊。

——是小詩布置的，很有品味吧？

智子姐的口氣像是以女兒為榮的母親。

之後我依智子姐的要求開始在店裡打工。上班的第一天，我終於見到智子姐口中的「小詩」。那天我穿上圍裙，和智子姐一起進到內場。一個女生坐在椅子上，見到我來急忙起身。

——我叫淺生靜。

我率先自我介紹。

——我叫遠野詩織。

她的聲音小到幾乎聽不見，警戒的眼神有如一隻遭人遺棄的小狗，充滿了不信任。

——小詩，你幫我帶阿靜喔。

此話一出，詩織立刻對智子姐投以悲壯的表情，彷彿她交代的是三天三夜也做不完的苦工。

智子姐倒是不以為意，笑盈盈地往櫃檯走去。

——不好意思。

我說。

——不會。

她抿著嘴，全身僵硬地回答。那死命保持冷靜的模樣，讓人聯想到不願承認自己迷路的孩子。

無論我說什麼，詩織的回答永遠不超過五個字。我並不健談，所以不知道該怎麼跟這種惜字如金的人聊天。我倆的沉默大賽就這麼持續了一個月，好不容易，詩織才漸漸開始和我聊工作的話題。

——對不起，我個性比較怕生。

有次她咕噥道。

我們花了很長的時間，才慢慢有了言語交集——

直到那一晚我失了分寸，唐突地向她告白。

＊＊＊

智子姐住的公寓離店裡很近，大約只要五分鐘的路程。「時鐘小偷」一般都是七點關門，這天六點多，智子姐先下班回家，由我代顧櫃檯。櫃檯的人可以播放自己喜歡的專輯，但我沒有換CD，繼續聽智子姐不斷反覆播放的邦妮・芮特。

今天一整天都相當清閒，我在櫃檯翻閱智子姐送我的一本賣相不好的原文書。六點半，店裡依然沒有客人，於是我開始準備打烊——簡單清潔地板，收拾廁所和店門口的垃圾桶。這時，詩織從內場走了出來。

「我來檢查書架。」

「麻煩妳了。」

將客人亂放的書物歸原位，是詩織的拿手絕活。

「……阿靜。」

過了幾分鐘，詩織用比平常更飄渺的聲音呼喚我。

「嗯？」

放下垃圾袋轉過頭，見她一臉對不起全世界的樣子，我不禁失笑出聲。

「在哪？」

「推理區……」

店裡的書架很高，就連身高將近一百八十公分的我，也要伸手才能拿到最上層的書。人高馬大的徹哥自然是沒有問題，但智子姐和詩織兩個人都搆不到。因此，最上層的書架都是由我負責整理。

「那套書的集數排序亂掉了。」

「喔，好。」

我將錯排成四、六、五、七集的美國推理舊作依序放好。

「抱歉。」

其實這根本花不到我一分鐘的時間，她卻一臉愧疚的模樣。

「──妳還記得嗎？」

「記得什麼？」

「有一次妳為了搬梯子，摔了好大一跤。」

她輕輕咬唇，難為情地點點頭。

詩織很不擅長拜託別人做事，所以我剛來打工時，她每次要拿高處的東西都是自己搬梯子，從不要我幫忙。

店裡的梯子很重又不好搬。有次她在搬運途中絆到腳，連人帶梯重跌在地。當時我在櫃檯看書，趕到現場時，只見詩織傻傻跌坐在書架之間，臉上的表情活像隻惡作劇被抓包的小狗。

——妳在搞什麼？妳以為我幹嘛特地請高瘦的男工讀生？

從內場趕來的智子姐不禁提高了聲量。「對不起。」詩織紅著臉低頭道歉。我像要扶起跌倒的孩子一般，俯身向她伸出右手。她抬起頭，經過一瞬間的猶豫，最後還是伸出右手握住了我。

她的手很小，有些冰冷，一摸就知道是女生的手。

那是我第一次與她有肢體接觸。

詩織起身後，立刻將手收了回去。

突然間，我的腦袋被人打了一掌，「啪」的一聲把我喚回現實。我下意識地用手護住後腦勺，轉頭一看，只見智子姐雙手扠腰，一臉氣呼呼的模樣。

——阿靜你也真是的，別老發呆，機靈點好嗎？

——對不起。

我乖乖道歉後看向詩織，她似乎想跟我說些什麼，但還來不及開口，就被智子姐帶到內場處理腳上的擦傷。

在那之後，詩織只好每次都找我幫忙。因為如果出了什麼事，不只她自己會被罵，連我也會跟著遭殃。只能說，智子姐對詩織還真有一套。

「我還記得。」

見詩織心不甘情不願地點頭承認，我不禁露出苦笑，畢竟我不是為了羞辱她才刻意提起這件事。

「不用每次都跟我道歉啦，能幫妳的忙我很高興。——我先去收拾外面囉。」

「……謝謝。」

我走出店外，這週長椅的布置主題是「插畫」和「裝幀」。我將書一本一本疊起收好，疊在最上方的那本，封面是亞瑟・拉坎的畫。

這張長椅看似輕巧，實際上卻相當笨重。直到前些日子詩織才放棄反抗，乖乖讓我收拾長椅。我為此感到慶幸，詩織身上充滿了剪不斷理還亂的死結，而我，總能耐心地一一將之解開。

打開掛著吊床的門走回店裡，一股咖啡香撲鼻而來。徹哥又在內場泡咖啡了，我猜是要在下班後跟我們一起喝的。下班後喝完咖啡，收好咖啡杯，關上燈，我們三人一同走出店外。徹哥跟我們要走的方向正好相反。

和我一起回家時，詩織的神經比在店裡時更加緊繃。但我從不戳破她，因為如果哪壺不開提哪壺，她又會露出束手無策的表情。幾個月過去了，詩織一直沒有對我卸下心防，所以我總是假裝沒事，聊一些像是「這隻白尾巴的野貓常待在這裡呢」這種不著邊際的話題，讓她知道我不會再向她告白（而且我也知道自己一定又會被拒絕），希望她不要那麼緊張。

面對那無數的結，我只能發揮耐心一一解開。

我也是情非得已，畢竟，和她一起回家是我最期待的事。

＊＊＊

「淺生！如果這班要聚餐的話，你會去嗎？」

五月底的週四第三節課，三谷在三十一號館的教室裡問我。

這間英文教室並不大，總共只有十二張長桌，每張長桌配上三張椅子。我從以前就喜歡坐在窗邊，一般都是坐在教室的最左方。真要說的話，我其實喜歡坐最後一列，但那裡老是被不專心上課或愛講話的女同學占據，所以我只能坐在倒數第三排附近。

三谷對座位似乎沒有特別的堅持，但她最近大多坐在教室的左後方，隔一張椅子坐在我旁邊。

「不知道……」

我沒正面回答。打量了一下三谷，她今天穿著白T恤和綠長裙，肩上披著綠色的開襟針織衫。現在她用左手靠著我們中間的空椅子，身子前傾瞅著我，深鎖眉頭表達不滿。

「什麼叫不知道？」

「有空的話可能會去吧。」

「那我們挑你有空的時候辦。」

後方傳來一陣竊笑，是常跟三谷一起聊天的一群女生。見我眉頭微蹙，三谷急忙辯解。

「沒辦法嘛，因為如果不這樣，你一定不會來對不對？」

「聚餐啊……」

剛上大學時我還去過幾次，後來就決定不再參加了。我不喜歡嘈雜的地方，酒量也不是太好，喝了酒也只會想睡覺，不會變得多話。簡單來說，聚餐對我一點吸引力都沒有。

「你不喜歡聚餐嗎？」

「老實說，不喜歡。」

「你也太老實了吧！」三谷露出苦笑，「那你喜歡什麼？」

「妳是說哪方面？」

「你喜歡什麼東西？」

我和三谷四目相接了兩秒。「喀啦」一聲，教室門被打開了，芝加哥出身的男老師應聲走進教室。我和三谷趕緊坐好直視前方，這個老師很重視上課態度，也不允許學生在課堂上講話。

我故作認真地聽老師說明各地的英文口音，時而抄抄筆記，假裝沒看見三谷不時對我投來的眼神。

我喜歡什麼東西？香菸、酸味較淡的咖啡、不錯綜複雜的推理小說、最後一列的窗邊座位，不勝枚舉。但無論我回答哪一個，三谷大概都不會高興吧，她想聽的是電影、美術館這種答案，好藉機約我出去。

老師一宣布下課，我立刻收拾東西起身就走。可想而知，三谷也跟了上來。她追到走廊上問我：

「你下一堂有課？」

「嗯。」

「什麼課？」

「十九世紀的英國。」

「之後呢？」

「演習課。」

星期四我第一節到第五節滿堂，因為「時鐘小偷」公休。

三谷仍不死心——

「之後呢？」

「怎麼了？」

「要不要一起去吃飯？」

我不忍心再問下去，因為平時總是眉開眼笑的三谷，此刻臉上已沒了笑容。她正色抬頭望著我，看起來像在生氣，但我知道，她其實是在緊張。

單戀。

我在嘴裡默唸道，然後摸了摸右邊口袋裡的菸盒。

「……我要去抽菸了。」

「我可以跟你一起去嗎？」

見我點頭答應，三谷吸了一口氣，急急忙忙地跟了過來。

我很清楚每一間教室到吸菸區的最短路徑。

詩織今天應該是二、三、四節有課。春假時，我們曾在「時鐘小偷」討論排課的事，當時我問她星期四有沒有什麼推薦的課，她告訴我「十九世紀的英國」很有意思，又說「我打算選第二節的現代文學史，不知道有不有趣就是了」。於是我這兩堂課都選了，不為什麼，就因為詩織的幾句話。

單戀。

「喂，只是去吃飯而已，應該可以吧？」

到吸菸區後，三谷的口氣比剛才更強硬了。我叼菸點火，吐煙，就像每一個抽菸的人都會做的那樣，幫自己爭取時間。

「你跟榮子分手後，一直都是單身吧？」

「容子？」

話一出口，我才想到是「榮子」，一個去年忘了在哪裡認識交往，我開始打工後很快就分手的女生。

「妳認識榮子？」

「我們是同一個社團的。不過她不常來，我跟她也不是很熟就是了。」

我試圖回想榮子是哪個社團的，但完全想不起來。好像是運動社團的吧？印象中她一天到晚都在說社團的事。

「你現在沒有女朋友吧？」

「是沒有。」

「你為什麼突然變得那麼高高在上？一開始明明就玩得很兇。」

「玩得很兇？」我吐出一口煙苦笑，「並沒有好嗎。」

「你跟榮子在一起前還交過一個吧？」

「我上大學後只交過兩任女朋友。」

「那時候看你剛入學就交了女朋友，我還覺得你這個人真是不可貌相，是披著羊皮的狼。」

或許吧。

以前的我就是這樣，只要有女生向我告白，我就跟她們交往，每一段戀情都不長久。分手了，只要等下一個人跟我告白就好，是誰都無所謂，交女朋友不過是我調劑生活的一種方式，就像沙拉裡一定會有番茄那樣的理所當然。

然而遇見詩織後，以前的我變得好遙遠，我完全無法理解自己當時的所作所為。

「淺生，你有沒有在聽？」

「我現在沒有女朋友，但是有喜歡的人。」

我彈了一下菸灰，抬頭望向三谷。這句話來得太出乎意料，有那麼一瞬間，三谷的臉上失去了表情，但她隨即又露出笑容，用帶點沙啞的聲音說道：

「你真的是不折不扣的虐待狂耶。你們又還沒交往，還是可以跟女生朋友出去吃飯吧？」

我微微一笑，可以是可以，問題是我不想。

我熄掉香菸，看了看手錶說：「我要去上課了，課堂上見。」

見我轉身就走，三谷連忙追問：「淺生，你喜歡的是之前遇到的那個女生嗎？」

「之前遇到的女生？誰？」我轉頭反問道。

三谷一臉不悅。我舉手向她道別，隨即頭也不回地離開。像三谷這種情意表露無遺的女生，該說她討喜嗎？是滿討喜的。但要說煩不煩，倒也挺煩人的。

毫無希望，卻鍥而不捨。

在詩織眼中，我是否也是如此呢？既討喜又煩人，無關緊要，可有可無。

2 生日禮物

「好大的雨。」

進入六月後，下雨的天數有暴增的趨勢。「時鐘小偷」的窗戶很多，每每下大雨，玻璃就會發出令人不安的聲響，與其說是潺潺雨聲，更像是槍林彈雨。

「下成這樣，感覺好像在洗車喔。」

智子姐邊擦桌子邊說。那張桌子是咖啡廳時代留下來的老古董，現在放在一進店的左手邊，面對窗戶的桌邊放了兩張並排的椅子。因被書架的陰影擋到，在外場是看不到這套桌椅的。

據說他們原本要把這張桌子處理掉，但因智子姐捨不得，最後還是留了下來。桌上擺著砂糖和牛奶，智子姐偶爾會與熟客在那邊喝茶。

「等等有客人要來嗎？」

「沒有，剛才白井太太送了我們一塊蘋果派，我等等要跟阿徹一起喝下午茶。」

「在內場喝比較悠閒吧？櫃檯我幫妳顧。」

「說那什麼傻話，」智子向坐在櫃檯的我眨眼，「到內場喝的話，這張桌子也太可憐了吧？它一定很懷念咖啡廳時代，偶爾也要讓它派上用場啊。」

智子姐無論對人、動物，還是東西都抱持同樣的態度。如果詩織在場，聽到這番話一定會莞爾一笑吧？可惜她今天不在，她星期三因為要上一堂很晚的專題討論課，所以很少上班。

「阿靜要吃嗎？不會太甜喔。」

「好，那給我一點。」

「現在可是下午三點耶！是人都要吃點心吧。阿徹——！」

站在櫃檯旁的智子大聲一喊，徹哥立刻從內場走了出來。智子姐右手扠腰問道：「你說，下午三點是什麼時間？」當然，徹哥沒有回答，只是默默走去沖咖啡，宛如一隻泥娃娃。

智子姐將蘋果派切塊，分給我一盤後，自己坐在左邊的椅子上等徹哥。半晌，徹哥端著咖啡出來，把我的那一杯放在櫃檯，靜靜走到右邊的椅子坐下，那是他的固定座位。從我的角度可以看到智子姐的背影以及徹哥的側臉。他們夫妻之間的對話怎麼聽怎麼有趣，因為幾乎都是智子姐在自言自語。

「聽說啊，白井太太的女兒看完《白雪公主》後，就一直吵著要她做蘋果派給她吃，結果白井太太做一次就上癮了。」

「《白雪公主》裡面，我最喜歡吃肥皂的那一幕，我忘記是誰吃的了，有這一幕吧？有對不對？不過啊，我最喜歡的還是《美女與野獸》，你應該知道吧？你還陪我看了好幾次呢。」

「下次我們來做蘋果造型的飾品好不好？毒蘋果也可以喔。」

「像是戒指、項鍊、耳環，還有胸針。對了！能做成雨傘嗎？我最近在想啊，趁現在梅雨季，我們可以幫塑膠傘加工之類的。」

「我還想做雨衣，是我自己要穿的喔。」

「我小時候的夢想啊，就是當一個能把雨衣穿得很漂亮的女人。就像法國電影演的那樣，記得嗎？我之前給你看過明信片。」

「阿徹你就不太適合穿雨衣了，因為你戴起雨帽太嚇人了，人家一定會以為你是小偷。你好像也不太適合撐傘耶，因為肩膀太寬，感覺就像個比例很怪的大隻佬。」

「所以，雨天你就學美國人吧，你知道我在說什麼嗎？」

真是神奇的光景。智子姐滔滔不絕地從天南聊到地北，徹哥從頭到尾都不發一語喝著咖啡，甚至連頭都沒點一下，兩人卻依然能夠「聊天」。

「就是像電影那樣啊！把風衣披在頭上擋雨，我很喜歡那種風衣，下次生日送一件給你當雨衣好不好？」

這時，徹哥開口了。

他的聲音相當低沉，講話的方式又像在喃喃自語，所以我聽不清他在說什麼。只看得見智子姐豎起耳朵聆聽的模樣，聽徹哥說話時，她總是全神貫注，非常認真。

「對喔！差點忘了！」

智子姐猛然轉向櫃檯，把邊喝咖啡邊抽菸的我嚇了一跳。

「阿靜！我們要慶生！」

「幫誰慶生？」

智子姐飛快地走向我，我趕緊將沒抽幾口的香菸摁熄。

「小詩的生日快到了！她六月生日，你知道嗎？」

「不知道。」

四月時店裡也幫我辦了慶生會，我從沒向他們提過我的生日，應該是智子姐在我的履歷表上看到的。那天智子姐說她要提早回家，我收完店後走進內場，智子姐卻意外現身，準備了一大桌的三明治、炸雞、馬鈴薯沙拉，徹哥還幫我泡了咖啡。當我還在錯愕之中時，詩織拿出他們特別準備的禮物——徹哥親手做的黑色皮革攜帶式菸灰缸，對我說：「阿靜，生日快樂。」

自到東京以來，那是我最幸福的一次生日。

「好險，差點就忘了。」

「詩織生日是幾號啊？」

「下週末，六月十九日。我們一起幫她慶生吧！」

「好。」

智子姐目不轉睛地盯著我瞧，我無言相對。這個人到底知道些什麼？又了解到什麼程度？我不清楚。但是，她應該知道我喜歡詩織，只是沒有宣之於口罷了。

「要送她什麼好呢？阿徹，做飾品送她嗎？」智子姐轉向正在收拾桌面的徹哥。

徹哥抬起頭來沒有回答，智子姐卻一副了然於心的樣子。

「也是，她除了那枚戒指，根本不戴其他飾品。雖說送書或CD也不錯，但總覺得少了點什麼。阿靜，你覺得呢？」

我努力回想至今與詩織間的對話，想尋得有關她的喜好的線索，一時之間卻毫無頭緒。真後悔剛才把香菸熄掉，她喜歡什麼？收到什麼生日禮物會開心……

「紅茶之類的吧。」

正當我為自己的缺乏創意而蹙眉懊惱時，智子姐「啊哈哈！」地大笑出聲。

「你啊，從沒送過女生禮物對不對？」

「……有啊。」

「是用心挑的禮物嗎？」

「……」

這人的觀察力怎麼這麼敏銳？我確實沒用心幫女生挑過禮物。以前無論是女朋友生日還是白色情人節，我都是送對方強迫我買的東西。

「這樣好了，你再想想，今天下班前我們再討論一次，阿徹也要想喔！看誰的點子好就採用誰的。十九號那天，我們就跟阿靜生日時一樣，下班後在店裡給小詩驚喜。那天是週五，我可以在家慢慢準備，做出比阿靜生日時更豪華的大餐！」

週五我和詩織都沒課，可以顧店一整天，所以智子姐和徹哥會在週五輪流排休。因此，就算智子姐那天沒來也不會露餡。

智子姐露出賊笑，用右手做出手槍的手勢對我開了一槍，我則面無表情地默默承受。徹哥悄無聲息地走進內場，智子姐見狀也跟了進去。幾乎在此同時，一位中年女客人開門走進店裡。

「歡迎光臨。」我反射性地出聲招呼。

然而，此時我的腦中只剩下一件事情。

牛角麵包、手寫信、音樂盒、有插畫的古老童話書、奶茶、不完整的月。

這些都是詩織喜歡的東西。

＊＊＊

週二因為第三、四節有課，我通常都會提早去學校，到學生餐廳吃點東西果腹。義大利麵、咖哩飯、拉麵……學生餐廳賣的，淨是些吃完一小時之內就會忘記自己剛才吃什麼的餐點，而且分量通常很多，我每次都吃不完。

這天，我在中午十二點半來到學生餐廳，點了盤茄子培根義大利麵，選了角落的位子坐下。擁擠的學生餐廳看起來人聲鼎沸，但因為我戴著耳機，耳機裡傑克・懷特的歌聲蓋過了外頭的喧囂，所以不知道實際到底有多吵。

我從小就討厭人群，小學時還因為不習慣團體行動而不喜歡上學。因每次稍不留神就會跟不上其他人的腳步，所以大家都笑我是「安靜的靜」，說「安靜的靜經常沉浸在自己的世界」。

忘了從什麼時候開始，我無論何時何地都在聽音樂。

我喜歡吵鬧的搖滾樂，所以非常討厭「安靜的靜」這個稱號。

我忍受著油膩的培根，只吃了半盤就把托盤還給餐廳。正打算出去抽菸時——我停下了腳步。

我先是看到了詩織，她坐在餐廳門口附近。會先看到她也是無可厚非，畢竟走在學校時，我總是下意識地尋找她的身影。真難得，她應該比我更不習慣面對人群，我從沒在中午的餐廳遇過她。

詩織穿著灰色的薄毛衣在跟人聊天，看來天要下紅雨了。跟她講話的那個人背向我坐著，還好是個女生，還好？淺咖啡色的頭髮……我先是愣了一下，才發現情況不妙。是三谷。

我幾個箭步走向她們，詩織率先發現了我，正當她準備開口時，三谷卻轉了過來。

「喔，淺生，辛苦了。」

詩織一臉困惑，三谷則是滿面笑容。

此時此刻，我的臉上是什麼表情呢？

「妳搞什麼啊？」——我很想對三谷興師問罪，但又怕詩織察覺到我的怒氣，只好將這句話硬生生地吞了回去。

「妳在幹嘛？」

這句話是在問三谷，這情況怎麼想都是她故意設計的。

「我在路上遇見學姐，想說跟她聊聊天啊！」

三谷一臉無辜地回答。我看向詩織，她微歪著頭，臉上掛著尷尬的微笑。

餐桌上有一份吃得精光的套餐及兩杯水，套餐是三谷的，詩織面前的水狀似一口都沒動過。見詩織將雙手放在膝上，我想，在跟三谷聊天的期間，她肯定一直在用左手摸右手的無名指。

那是她緊張時的習慣。我們剛認識時，她常在我面前做這個動作，所以我很快就注意到那枚戒指，即使我根本不想注意到。

「她說她是你打工的前輩，淺生，我都不知道你有在打工耶，而且還是服務業，好難想像喔。」

「——詩織，妳可以先走沒關係。」

詩織聞言睜大了眼睛，但三谷馬上插嘴道：「你幹嘛啦！只是聊聊天有什麼關係？你也坐下來一起聊嘛！」

「妳本來應該是要去圖書館吧？」

詩織的課表我記得一清二楚。她星期二只有第四節有課，會提早來學校，一定是為了要去圖書館自習或看書。

詩織尷尬地瞄了一眼三谷，微微點頭道：

「沒關係，阿靜，現、現在是午休，我……」

這裡人那麼多，再加上才剛認識三谷，詩織一定非常緊張。但即便如此，她還是不忍心拒絕三谷的邀約。我看了看手錶，離一點還有十分鐘以上。

要我在這樣的狀況下聊天？一分鐘都別想。

「我要去抽菸了，要跟不跟隨便妳。——先失陪了。」

這段話前半段是對三谷，後半段是對詩織。說完我便頭也不回地離開，只聽見三谷在後面叫道：「啊，等一下！淺生！呃，學姐不好意思，辛苦了！我們下次聊喔！」然後急急忙忙追出了學生餐廳。

「喂，淺生，你在氣什麼啊？」

「並沒有。」

不行，我這個樣子一看就知道在生氣，於是我在自動販賣機前停下了腳步。

我不喜歡罐裝咖啡，但礙於咖啡廳太遠，只好勉為其難地投入一百圓硬幣，買了罐無糖黑咖啡。接著吸了一口氣，轉頭對三谷說：

「妳要喝什麼嗎？」

「咦，那……嗯……茉莉花茶好了。」

茉莉花茶只有寶特瓶裝。我投入一百四十圓，按下按鈕，滑溜溜的寶特瓶「咚」的一聲掉了下來，發出比罐裝咖啡還要沉重的聲響。三谷接過飲料後抬眼看我，不好意思地笑了兩聲。

罐裝咖啡的味道類似現泡的黑咖啡。我在吸菸區的長椅坐下，三谷也有樣學樣坐在我旁邊。今天的垃圾桶依然漆黑一片，毫無希望地承受一切。

將菸點著後，我深深吸了一口，閉上雙眼片刻。

為什麼我要那麼生氣？

睜開眼睛，三谷正盯著我瞧。

「謝謝你請我喝飲料！」

「嗯。」

「……淺生，你之前是不是有跟我說過，不喜歡別人直接叫你的名字？」

我漠然地吞雲吐霧，一時間沒有回答。安靜的靜，人如其名。

「你有在聽嗎？」

「是不喜歡。」

「那個女生就可以？」

「店裡的人都叫我阿靜，因為老闆娘這樣叫我的關係。」

「什麼啊？」她嗤笑出聲，「那個老闆娘對每個人都這樣嗎？」

並不是。總之，別人不行，但智子姐就是可以。

有些人喜歡剛認識別人就直接叫名字，基本上我很受不了這種裝熟魔人，但智子姐不會讓我有厭惡的感覺。即便是女朋友，我也無法忍受每天跟同一個人相處，但我卻一天到晚往「時鐘小偷」跑；我從沒告訴任何人自己對詩織的單相思，但我可以容許智子姐知道。

我想詩織大概也是一樣。在智子姐面前，詩織顯得比平常更稚氣。和智子姐聊天時的她是最放鬆的，總是發自內心地笑，也不會抗拒回答比較私人的問題。

「……嗯，算是吧。」

「她說你們在二手書店工作。」

「妳們聊得這麼深入？」

「才沒有呢，她啊，該怎麼說呢，還滿怕生的。」

「妳為什麼要跟她搭話？」

「在路上偶遇，我就鼓起勇氣跟她說話啦。因為我想知道她是什麼樣的人嘛。我這個人做事不太考慮後果的，如果讓你感到不開心，我很抱歉。」

「我沒有不開心，只是嚇到了。」

我說謊了。冷靜思考一陣後，我才知道自己為什麼會反應那麼大。因為我不希望別人擅自闖入「時鐘小偷」的世界，闖入那個有詩織、智子姐、徹哥的地方。那裡對我而言非常特別，他們三個對我而言也是特別的人，但三谷不是。所以當我聽到三谷說出「時鐘小偷」四個字時，才會心生不悅。

說來殘忍，但卻是事實。就這點而言，我像個什麼都要保密的孩子。

我就這樣離開，詩織想必也會覺得困惑。

「淺生。」

「幹嘛？」

「我第三節有課，第四節可以跟你一起上美國文化嗎？上週的課程內容還滿有趣的，我會乖乖聽課，不會跟你講話。」

「妳想偷偷旁聽，不需要我的許可吧。」

「……你今天晚上要幹嘛？打工？」

「嗯，對。」

「我們社團今晚要聚餐，吃完飯還要去夜唱。」三谷笑著說完後，將飲料蓋好，一鼓作氣站了起來。

「……妳為何就是不死心。」我熄菸呢喃道。

她轉過頭來，由上往下看著我。

「我不會放棄的。」

她一臉認真說完後，又恢復平時的燦笑。

「那我先走囉，淺生，待會見，辛苦了！」

我舉起單手向她示意。她走遠後，我摘下眼鏡，用左手的拇指和食指按摩眼周。重新戴上眼鏡後，我微微嘆口氣，起身戴上耳機，走入絡繹不絕的學生群中。途中不小心撞到別人的肩膀，我沒有道歉，甚至連頭也沒回一下。

——快點。

好想快點去「時鐘小偷」。

在那裡的我，心是最溫柔的。

***

這週的長椅布置主題是梅雨，上面放了五張有雨景的電影DVD——《龍貓》、《刺激1995》、《第凡內早餐》、《愛我別走》、《花與愛麗絲》。我只看過前面三部作品，也只記得《龍貓》和《刺激1995》裡的雨景。

七點十多分，我抱著長椅走入店內，正好和在門邊除塵的詩織對到眼。

我跟她分別在今天四點半、五點左右到店，但因被指派了各自的工作，一直沒有機會獨處，所以還沒機會聊到今天在學生餐廳發生的事。

「智子姐呢？」

「她在內場講電話。」

「是喔。」我將長椅搬到角落。現在店裡沒有客人，外頭還下著雨，我覺得自己比起洗車廠裡的車，更像是被關在水族館裡的魚。

「妳喜歡雨天嗎？」

「我喜歡電影裡的雨天。」

見她露出微笑，我倒抽了一口氣。

「那個，今天中午很抱歉。」

詩織低下頭，靜靜地看著我。

「給妳添麻煩了。」

「——怎麼會，」她的聲音越發微弱，「別那麼說。」

「她有問妳什麼奇怪的事嗎？」

詩織低下頭，用左手撫弄右手的無名指。

「沒有……她只有問阿靜你的事。」

「會去向陌生人詢問我的事，本身就很奇怪。」我衷心說道。

「她問我是不是你的學姐、是哪裡的學姐，我跟她說，我們在同一間店打工。」

「然後她就把妳強行帶到學生餐廳？」

「也不是啦，嗯……三谷跟我說，她一直想去學生餐廳吃飯，但不想一個人去，問我有沒有時間陪她一起去……」

「莫名其妙。」

「……抱歉。」

「不，我不是在說妳……」

「……她只是……」

詩織抬起頭來，和我四目交接後，又立刻俯首。

「什麼？」我看著緊握著戒指的她。

詩織彷彿下定決心般再度抬頭。

「她只是想了解你。」

「是沒錯。」

我的口氣不帶一絲情感，有如雨滴般冰冷。詩織原本要繼續說下去，發現我直視她的眼神，便閉口作罷，露出一種失落的悲傷表情。

三谷喜歡你——

我知道詩織想說的其實是這個，她也知道我明白三谷的心意。我們總是這樣，摸索彼此的界線，卻從不踏進對方的領域一步。我這麼做是不想讓她離開，她這麼做是不想靠近我。

我伸出右手，摸了一下她低著的頭，手上傳來髮絲的柔軟觸感。詩織抬起頭，愕然地看著我。我移開了手。

「我去拖地。」

語畢，我往內場走去。站在電話前的智子姐聞聲，轉過頭來對我說：「啊，阿靜！剛才客人打電話來請我們幫他留書，拜託你把這張紙上寫的三本書找出來，標註好放在顯眼的位置好嗎？他明天中午十二點左右會來拿。」

「知道了。」

我接過便條紙，三本都是我沒看過的書，從書名來看，應該是建築的相關書籍。就女性的字來說，智子姐的字大而方正，果真字如其人。

「……發生什麼事了？」

見智子姐探頭盯著我瞧，我趕緊低下頭。

「沒什麼。為什麼問？」

「嗯——」智子姐瞇起單邊眼睛，「因為你臉上一點表情都沒有。」

「智子姐，妳知道詩織的戒指是誰給她的嗎？」

不知道為什麼，我就是想問。

智子姐先是吃了一驚，往我背後偷看了幾眼，確認詩織不在後，才抬頭回答我。

「不知道。」

「我剛剛是在想這件事。」

「……是喔。」

智子姐難得在我面前低下頭。我將便條紙收進圍裙口袋，從置物櫃中拿出拖把，以及國中掃地時用的那種水桶。

「阿靜。」

「嗯？」

智子姐對我露出成熟的笑容。

「星期五玩得開心點喔，你選的禮物非常棒。」

「謝謝。」

我回她一個微笑。

詩織在店裡巡視書架，將商品物歸原位。走在高大的書架之間，她看起來就像個誤入異世界的少女，孤獨而慎重。我一邊看著她的背影，一邊將菸放入口中。

能聊的話題、不能聊的話題。能問的事、不能問的事。和詩織相處的過程中，我學會了察言觀色，這該說是一種進步嗎？還是……？為了和她保持這樣的距離，我絕不能跨越那張透明的膜。

＊＊＊

星期三，詩織沒來「時鐘小偷」，但因為這天她有專題討論課，所以我也沒作他想。星期四第二節課，依然沒看到她的身影，這是她第一次缺課，一股不好的預感湧上我的心頭。

時間來到週五，詩織的生日。

這天天空下著綿綿細雨。十一點左右，我走進「時鐘小偷」，只見智子姐雙手抱胸，一臉不悅地坐在店裡。不好的預感最後都會成真。

「詩織今天請假嗎？」

「討厭！」智子姐高聲抱怨道，「這孩子真是的！竟然在生日當天感冒，也太會選時間了吧！你們說是不是？」

詩織感冒並不稀奇，她偶爾就會跟店裡請病假。

「她昨天就沒去上課了。」

「你早就知道她生病了？」

見智子姐火冒三丈的模樣，我不禁低下頭。

「我們星期四修同一堂課，她昨天就沒來了，我也沒想那麼多。」

「真笨耶，這種時候應該馬上跟我聯絡吧？慶生計畫都泡湯了啦！」

智子姐發出一聲怒吼，氣得直跺腳。這時，徹哥一聲不響地從內場走出來，在她旁邊放了一杯咖啡。

「沒辦法。」徹哥用低沉的嗓音說道。

我感到非常驚訝，因為徹哥鮮少參與我和智子姐的話題，今天卻難得開金口。他瞄了我一眼，像平常一樣對我微微點頭示意，又默默退回內場。

智子姐板著臉拿起咖啡杯，看她不開心的程度，彷彿是自己的生日被搞砸似的。

「今天我們直接殺去她家。」

「妳是說……詩織家嗎？」

「當然啊，這還用問？我有她家鑰匙，直接開門進去就好了。阿靜，你也一起來。」

智子姐眼中充滿怒火。正當我在煩惱該怎麼反應時，徹哥再度現身，塞給我一杯咖啡和一件圍裙，在智子姐旁邊放了一張圓椅，然後又無聲無息地消失了。我想，他是要我陪他老婆說話。

我乖乖穿上圍裙。

「妳怎麼會有她家鑰匙？」

我故作鎮定地問道。智子姐嘆了一口氣。

「我命令她給我的。阿靜，你知道她大一的時候有多糟糕嗎？」

我搖搖頭。我第一次見到詩織，是她大二時的秋天。我對那之前的詩織一無所知，她的過去離我非常遙遠。

「小詩第一次來店裡是大一的……夏天左右吧。她跟你一樣，一開始是我們的客人，總是獨來獨往，瘦得像隻弱不禁風的小鳥。」

「每次她來我都會跟她聊天，但一直熟不起來。像我這麼健談的人耶！所以，有天我就約她一起喝茶，半強迫地把她拉到那邊的桌子旁坐下。」

「阿徹幫我們泡了咖啡，我則端出手作的戚風蛋糕。那段時間我剛好在看一些小時候看過的書，所以一直跟她聊米歇爾・恩德的事。只有聊到書的時候，小詩才會稍稍卸下僵硬的表情。」

「我花了很長一段時間說服她到我們店裡打工，因為她實在太令人擔心了，就像個玻璃娃娃，不管她就會支離破碎。」

「小詩從那時就體弱多病，雖說現在她也常感冒，但那時可不是感冒這麼簡單，一下貧血，一下流感，一下又腸胃炎，反正流行什麼她就得什麼。她啊，對這個世界太沒鬥志了。」

「還記得她得流感那次，我去她家看她，按了好久電鈴都沒人來開門。後來在門外接到她的電話，她用快死的聲音跟我說，她本來要來幫我開門，可是才從床上爬起來就不支倒地，還跟我道歉。」

「好不容易進去後，眼前的情景嚇了我好大一跳。她的冰箱是只有微波爐大小的行動小冰箱，裡面什麼都沒有，這樣當然吃不胖又容易生病。」

「所以我才硬跟她要來備用鑰匙，在她請病假時強行去她家照顧她。那次我對她發了一頓好大的脾氣，說，我不知道妳為什麼會墮落至此，妳不想說我就不問，但妳至少要好好吃飯，好好活著！——然後，小詩她……」

原本滔滔不絕的智子姐，說到這裡卻突然閉口不語。正在喝咖啡的我，瞥見她濕潤的眼眶。

「小詩紅了眼眶，卻沒有掉淚，只是一臉蒼白地看著我，雙臂顫抖著，左手緊緊握著右手無名指。反倒是我，莫名其妙地哭了出來。後來我煮粥給她吃，她向我道歉，並跟我保證以後會好好吃飯，我才放下一顆心，帶著備用鑰匙回家。從那次以後，她的情況開始慢慢好轉……本來以為已經沒問題了……真是的。」

智子姐胡亂擦去臉上的淚水，一鼓作氣地站了起來，把站在一旁的我逼得直往後仰。

「我今天非去小詩家不可。你不進門也沒關係，但一定要跟我去，這是老闆娘的命令。」

屈於智子姐的威勢，我點了點頭。之後智子姐快步走進內場，我則伸出右手將菸灰缸拉到眼前，點火抽菸。

智子姐說的一字一句都烙印在我的心頭。

我閉上雙眼，想像宛如玻璃娃娃的詩織，眼眶泛紅卻沒有掉淚的詩織。

她是從什麼時候變成這樣的？

她大一的那一年，我高三，在他鄉過著毫無目標的生活。

我好想遇見她，我好想早點遇見她，多麼希望我們沒有這一年的隔閡。

我微微嘆口氣，彈掉菸灰，再次叼起了菸。

——妳至少要好好吃飯，好好活著！

詩織是個老實的女生，沉靜寡言，從不信口開河。

所以，她只答應智子姐要「好好吃飯」，卻沒說要「好好活著」。

＊＊＊

七點整，智子姐準時打烊，將收店工作交給徹哥，和我一同出發。

雨停了，空氣中仍充滿濕氣。

「妳有先聯絡詩織嗎？」

智子姐抱著禮物紙袋走在稍前方，我則拿著她剛才叫我去超市買的東西，有水果、酸梅、雞蛋、寶礦力水得，以及一盒巧克力冰棒。

「沒有。」

智子姐今天一整天都說話帶刺。因太過擔心別人而悶悶不樂，倒很符合智子姐的個性。我是還好，徹哥就沒那麼幸運了，一連掃到颱風尾好幾次，一臉有苦說不出的表情。

——靜，火。

一整天下來，徹哥只對我說了這兩個字，因為他的打火機被智子姐以「你抽太多菸了吧，這樣對身體不好」為由沒收了。雖說是正當理由，但實在有些唐突。徹哥乖乖交出打火機，過了一陣子，才趁智子姐不注意時跟我借火。即便被智子姐遷怒，徹哥還是平常的徹哥，雖說比平常更沉默，卻也沒有生氣。這對夫婦，心地真是出奇地善良。

「阿靜，謝謝你陪我。」

「別那麼說，我也很擔心詩織。」

「你其實想要一個人去吧？」

智子姐轉頭問道。

「不，妳在比較好。」

這是我的真心話。如果只有我一個人去，詩織肯不肯開門都是個問題。

智子姐「啊哈哈」地笑了。

和智子姐走在平常和詩織走的路上，有一種相當奇妙的感覺。兩個人無論是背影、走路方式、走路速度、說話方式還是散發出的氣息，都有如天壤之別。明明走在同一條街道，卻有著不同的風景。看著智子姐節拍器般輕快的步伐，不知不覺中就到了詩織家的巷口。

「你都送她到哪邊？」

「到這裡。」

一直到去年為止，我都是送她到公寓樓下，但自從告白之後，就只送到這裡了。詩織並沒有要求我這麼做，但我知道，只有這麼做詩織才會安心，因為她需要極大的私人空間。

「是喔。」

智子姐笑盈盈地走進巷子。平時對我而言如此遙遠的公寓，此時此刻卻近在眼前。面對前方的未知之地，我不禁有些躊躇。智子姐倒是毫不在意，快步走進公寓按下電梯鈕。

「她住三樓，三〇三號房。」

我點點頭，暗自祈禱智子姐沒看出自己的緊張。

走出電梯，我們來到詩織的家門口。智子姐雖然有鑰匙，但還是按了門鈴。「叮咚」一聲，沒有人來應門。

「小詩，我進去囉！」

智子姐大喊完後不忘叮嚀我：「你先在這邊等。」

「好。」

我站的位置看不到房內。智子姐駕輕就熟地開門，「我進來囉！」門應聲關上後，隨之而來的是一片寂靜。

我靠在走廊牆上，將適才屏住的呼吸一口氣吐了出來。恍惚拿出香菸，正要點火時，房內傳來一陣驚叫：「阿靜！」

這一聲嚇得我連嘴裡的香菸都掉了，但現在不是撿菸的時候，我急忙轉身把門打開——

一股濕潤而溫暖的空氣迎面而來，其中還夾雜著甘甜的香味。智子姐就站在門口，見我闖進來急忙道：

「不、不會吧！沒事啦！你還不能進來！快把門關上！」

她的聲音大到就算有鄰居來抱怨都不奇怪。我雖然覺得莫名其妙，但還是乖乖關上奶油色的門。

——剛才……

我伸手將地上的香菸收進口袋，看了一眼緊閉的大門，往後退了幾步，靠在欄杆上。

——剛才那種情況，應該是剛洗完澡吧？

幾分鐘後，門冷不防地打開，把我嚇了一跳。智子姐一臉緊張地探出頭來。

「你來一下。」

「裡面嗎？」

「對啦！來幫我一起搬！」

她手一伸，把我踉踉蹌蹌地拉進玄關。房內類似洗髮精的香甜氣味比剛才更濃郁了，那讓我感到暈眩。

＊＊＊

「打擾了。」

我用沙啞的聲音說道。智子姐放開我的手，指向走道左邊的浴室。

「她沖澡沖到體溫太高、全身無力。我已經幫她穿上衣服了，但我一個人沒辦法把她搬到床上。」

我急忙脫掉鞋子走進屋裡。智子姐猛然轉過身來，往我胸口打了一掌。我被打得直咳嗽，只見她瞇起眼睛，抬頭瞪向我。

「如果你敢有什麼非分之想，小心我飛踢你。」
「──是。」
如果在這種情況下還有興致，智子姐應該要誇我才對。
智子姐一把搶走我手上的超市塑膠袋放在地上。這走道可真窄，窄到我不知該如何呼吸，腦中一片混亂。
往浴室探頭一看，一股濕氣撲向我的臉頰，空氣中瀰漫著甜香及些許蒸氣。詩織穿著深藍色的睡衣，頂著濡濕的黑髮，一臉蒼白地靠坐在門邊。從後頸看來，她實在是太瘦了。
詩織雙眸微睜，抬起臉來看了我一眼，又立刻移開視線。
這麼一個小小的動作。
就足以讓我心中小鹿亂撞，心跳聲大到智子姐都要聽見。
「──失禮了。」
我屈身蹲下，用右手扶住詩織的背，左手環住她的雙腿，毫不費力就將她整個人抱起，她的身上好燙。
智子姐打開走道盡頭的門，在房門口等我們。
「小心不要撞到喔。」
我橫著身子穿過走道進入房間，智子姐已把棉被掀開等著我們。我盡量不作他想，將詩織放在床上。「嗯……」詩織呻吟了一聲。

「為什麼都發燒了還沖澡？」

智子姐一邊碎碎唸，到廚房倒了一杯水。詩織凌亂的濕髮沾濕了床單，智子姐在幫她穿睡衣時，扣錯了一顆釦子，鎖骨因而裸露在外。看著床上的詩織，我倒退了兩、三步。

為了轉移注意力，我將視線移向詩織的右手無名指。

那枚戒指能幫助我冷靜下來。

然而，她今天卻沒有戴戒指。

「能起身嗎？喝杯水吧。」

詩織搖搖晃晃地起身，在智子姐的攙扶下接過杯子喝水。

「對不起……」

「妳是怎麼了？感冒嗎？」

「普通感冒而已。」

詩織用比平時沙啞的聲音回答道。我環視四周，這間房間約四坪大，就女生而言，房裡的東西實在不多，除了兩座書架，其他地方就像飯店般乾淨整潔。整間房間給人一種孤寂的感覺，不知道是因為房內顏色多為寒色系，還是我對詩織先入為主的觀念所致。

詩織靠在智子姐身上，虛弱地喘息。

「還好嗎？還會頭暈嗎？」

「不會了，抱歉，其實也不是什麼重症，只是沖澡沖太久了……」

「感冒怎麼可以沖澡呢？」

詩織有氣無力地睜開眼，露出無奈的笑容。

「我想把汗逼出來……所以就坐在浴缸裡沖澡。聽到門鈴聲急急忙忙站起來，才會突然全身無力。沒事的，真的。還有，阿靜……」

她從智子姐懷裡爬起，正襟危坐地看著我。

「對不起。」

「……不會。」

我已沒有餘力說客套話，光是承受詩織的眼神就已令我自顧不暇。智子姐將桌上的體溫計硬塞給詩織，詩織怯生生地接過後，尷尬地看向我。我這才發現自己應該轉過身。

「吹風機在哪？」

「智子姐……」

「乖乖聽話！我早就跟妳說過了，妳如果再把身體搞壞我會生氣，何況妳還是在自己生日當天感冒！我們本來還要幫妳慶生耶，對吧阿靜？」

「對。」我轉過來點頭道。

「吹風機在哪？洗手臺？」

詩織掙扎了一陣後，還是點了頭。畢竟在我們三個人之中，智子姐是最強勢的。

「嗶嗶。」聽到電子音響起，我再度轉過身。智子姐拿著吹風機，一把搶過詩織手中的溫度計。

「今天都有三十七度七，妳昨天一定燒到超過三十八度對不對？」

被智子姐這麼一問，詩織和搬梯子跌倒那次一樣，抬眼露出不知所措的表情。她們倆的相處模式，實在很像母女或姐妹。

「我自己吹就好。」詩織堅持道，但該意見並未獲得智子姐採用。無事可做的我，在一旁尋了張椅子坐下。書桌上有一臺蓋著的筆記型電腦、書，以及一個木盒，裡面整齊地擺了幾十封信。我知道偷看別人的信是不禮貌的行為，也馬上移開了視線。但我還是看到了，裡面裝的都是英文信。

——我不喜歡傳電子郵件。

曾幾何時，詩織對我這麼說。

——我比較喜歡手寫信。因為投到郵筒後，這封信就不再屬於我，而是對方的東西了。

收到這麼多封信，詩織理應也寄了這麼多封信。

對方是什麼人？

我放棄猜測，瞄了一眼閉著眼睛正在吹頭髮的詩織。我很想知道她聊天的對象到底是誰，不過，現在並非問問題的好時機。

「——我出去抽菸。」

語畢，我走出房間。在吹風機的噪音下，沒有人聽到我說話。

＊＊＊

詩織吃完蛋粥和少許水果已是八點半。我抽完菸後，一直坐在椅子上看書——與文庫本裡的一字一句拉扯奮鬥，降低對其他事情的注意力。

「終於冷靜下來了。」

智子姐將空盤放在地上，露出滿足的微笑。她這句話像是在對自己說的。照顧完詩織後她終於一掃陰霾，重拾好心情。

「現在終於可以說了！小詩，生日快樂！阿靜，你還愣著幹嘛？」

「生日快樂。」

我低下頭，對坐在床上的詩織祝福道。

「謝謝你們。……抱歉，給你們添了這麼多麻煩。」

「等妳感冒好了以後，我再做戚風蛋糕帶到店裡幫妳慶生。阿靜，把禮物給小詩。」

明明智子姐就坐在詩織旁邊，卻把腳邊的紙袋遞給我。

「由我來給嗎？」

「那還用說？是你做的啊！」

「不，我只是……」

被智子姐瞪了一眼，我立刻把話吞了回去，乖乖接過紙袋起身，向抬頭看著我的詩織一鞠躬。

「生日快樂……這是我們的一點小心意。」

「謝謝。」

詩織害羞地接過禮物。說真心話，我好想現在就離開，在她拆開包裝之前離開。

我回到椅子上坐好。詩織拉開蝴蝶結時，手上已戴著戒指。其實我抽完菸回來就看到了，剛才她大概是因為要沖澡才暫時拿下來的吧。

「咦……」詩織驚叫道，「這是阿靜做的？」

那是英國進口的玩具音樂盒。紙盒中裝有音樂盒的機芯，轉動側邊手把就會演奏莫札特的曲子。雖說我對莫札特不太熟，但那應該是《魔笛》的其中一節。說是我做的其實有些言過其詞，因為我只不過負責剪貼組合罷了。紙盒上寫有小小的數字，只要依指示裁切附屬的厚紙板，再照號碼貼在盒子上，就能做出一個小小的遊樂園。

紙製品容易壞，所以徹哥特別設計了一個不會擋到的塑膠盒，將音樂盒裝在裡面。不僅如此，木製的底盤上還刻有「Happy Birthday, 詩織　時鐘小偷　19th June」的字樣。就付出的勞力而言，怎麼想都是徹哥的功勞比較大。

——我很想這麼說明。

「幾乎都是徹哥做的。」

但最後只擠出了這幾個字。智子姐聽完，深深嘆了一口氣。

「裡面是阿靜做的，妳不覺得摩天輪做得很精細嗎？旋轉木馬、小丑也剪得很漂亮。他很有這方面的天分呢，就連阿徹也嚇了一跳。但因為紙做的容易壞，所以阿徹才另外做了一個盒子。很棒吧？」

「嗯，好漂亮……」

詩織一邊呢喃，一邊輕輕轉動把手。音樂盒開始演奏不甚流暢的曲子，彷彿裡頭有小精靈正忙碌地敲打著鐵琴似的。詩織看著透明盒中的音樂盒，溫柔地笑了。

——不行。

再這樣下去，我會受不了。

「——智子姐。」

「怎麼了？」

「我去洗盤子。」

語畢，我拿起地上的盤子，頭也不回地走出房間。關上房門，在門外深呼了一口氣。進到詩織家後，我已不知道做了幾次深呼吸。打開流理臺的水龍頭，放下盤子，看著水流嘩啦啦地落下。

我的臉好燙。

燙到我想要沖水冷卻。

摘下眼鏡，用左手手背拍了一下額頭。

單戀。一切都是我的一廂情願，與詩織間的距離還是如此遙遠。

然而，我卻情不自禁，放任自己對她的愛越來越深。我到底在搞什麼啊？

3 透明世界

在智子姐的「休養令」下，詩織這週六、日都沒來上班。這讓我鬆了一口氣，我很思念她，卻又慶幸見不到她。

認識詩織後，我們一直沒有肢體接觸的機會，即使站在一起，也是保持一個手臂的距離，每次聊天都是漫長而無盡的迂迴。

然而那天，我卻在毫無心理準備的狀態下去了她家，將她抱在懷裡，看見她毫無掩飾的笑容——那在我腦中掀起了萬丈波瀾，讓我差點就要以為，自己已經穿過那層透明的膜，一步一步踏入她的世界。

所以我必須時時提醒自己，別會錯意了，她不會因為那點付出就把心交給你。

週一早晨，我坐在吸菸區抽菸，一邊在心中苦笑，我的單戀怎麼像個國中生似的。不過，這只是我自己的想像，畢竟我國中時並沒有單戀過誰。天知道我多想靠近詩織，但真的與她近距離接觸後，卻反而不知所措了起來。一心想避開她，星期六、日卻不斷回想在她家發生的事。

今天詩織應該會來上班吧，我有辦法面對她嗎？我能依她所願，假裝什麼事都沒發生嗎？

第一節是英文課。班上成員和週四英文課一樣，只是老師不同人。這名女老師也是美國人，哪一州出身的我忘了，個性開朗活潑，經常以國外戲劇為上課題材，影印劇本要我們演戲，又或是分組活動。所以，我拿這個老師有點頭痛。

「喂，淺生，你有在聽嗎？」

「沒有。」

「淺生，你為什麼明明都有在聽，卻老說自己沒在聽啊？」

「因為三谷妳愛問啊。」

我這麼說並不是為了逗她笑，她卻喜孜孜地笑出聲來。今天也坐在我旁邊的三谷，應該很喜歡這堂課。

我看向桌上的黑白講義。教室前方的螢幕上正播放著美劇，女主角為了戀人從紐約追到法國，卻在當地接二連三遇到禍事，以致走到窮途末路。講義上用英文寫著：「請寫下你在國外遇過的倒楣事（若無出國經驗，國內亦可）。」

就算不聽老師上課，講義上也寫得清清楚楚。

「淺生，你有出過國嗎？」

「我只去過一次英國。」

「好好喔，是上大學以後去的嗎？」
「不是，高中畢業旅行去的。」
「真的假的？貴族學校耶！」
「那時我因為聽不懂英文而很傷腦筋。」
我邊說邊在講義上用英文寫下相同的句子。班上同學各自分為兩兩一組討論出國旅行的經驗，課堂上一片祥和。
「你的倒楣事好無聊喔。」三谷看著我的講義說。
「我同學還被迫用十鎊買了鴿子飼料。」
「十鎊，嗯……那不就是快兩千多日幣？根本就是搶劫嘛！」
「妳呢？有出過國嗎？」
「我去過臺灣。吃完路邊攤我朋友就病倒了，超慘的。」
「是喔。給妳。」
將講義遞給三谷時，她瞪了我一眼。
「怎樣？」感受到不友善的眼神，我下意識地問道。
「你越來越過分了耶，淺生。」
「哪裡過分？」
「你的反應也太冷淡了吧。」

「大家都這麼說。我其實很認真聽人說話，只是天生臉臭。」
「才不是，」三谷接過講義，粗暴地下筆，「你之前都會好好回我話的，像是『真的嗎？』、『然後呢？』之類的。」
「有嗎……」
「今天特別誇張，感覺你心不在焉，你跟遠野學姐怎麼了嗎？」
「──遠野學姐？」我對這個叫法感到新鮮。
「對。就是她對不對？你喜歡的人。」
「……」
三谷抬眼瞄向我，不小心和我對到眼。
「你想要裝神秘，卻是破綻百出，淺生。」
「是嗎？」
「『路邊攤』的英文是什麼？」
「應該是『stand』吧。」
「她有男朋友嗎？」
「不知道。」
「她的戒指應該有特別的含意吧？」
「一般會在上課時聊這種事嗎？」

「因為如果不在上課聊，你一定會拔腿就跑。」

三谷為了不讓其他人聽到而刻意壓低聲音，但仍顯得有些激動。我將右手插入口袋，摸了摸菸盒。我和詩織在這方面其實沒有兩樣，每個人都擁有自己專屬的精神鎮定劑。

「你如果不想聊遠野學姐，就聊我吧。」

「咦？」

「拜託，我也不想聊她的事，誰想啊？可是，你只有在聊她的時候才會好好回應我，其他一律敷衍搪塞、隨便帶過。你沒發現嗎？你已經病入膏肓了！」

三谷邊寫邊咕噥道。我看向她在紙上馳騁的自動筆，「吃完臺灣的路邊攤後，同行朋友就腹痛不止，在旅館躺了半天。臺灣的廁所衛生紙不能沖進馬桶，而是直接丟在垃圾桶裡，簡直就是噩夢，爛透了。除了芒果乾很便宜以外沒半點好事。」三谷的英文文法出乎意料地正確，卻是字字攻擊，句句帶刺。

——你沒發現嗎？你已經病入膏肓了！

我看向三谷低頭寫字的後腦勺。我當然有發現，就連此時此刻，我都在回想詩織髮梢的觸感。我也知道我病得很重，這也並非我所願，但每每回過神來，腦中想的全都是詩織。

「——好啊，就聊聊妳吧，我會認真聽的。」

「咦……真的嗎？」

三谷的眼神充滿狐疑，表情卻明顯放鬆許多。我把右手伸出口袋，將講義拉過來，「要聊什麼？臺灣的事？」

「才不要咧，淨是些爛事。」

「這堂課就是要聊這個啊。」

「不然我們做下一題好了，『互相舉出沒去過哪些國家，想在那邊做什麼』。」

「妳想去哪裡？」

「嗯，應該是美國吧，紐約！」

我驟然閉上雙眼，腦中浮現出詩織書桌上的信盒、排得井然有序的數十封信、用黑色奇異筆寫的英文……那是誰寫的？又是從哪裡寄的？

「——紐約？」

「對，你不覺得紐約很時尚嗎？洛杉磯也不錯，有美麗的大海。我就是因為喜歡游泳，才加入現在的社團。」

「妳是游泳社？」

停了一下後，三谷嘆了口氣。

「我不是跟你說過了嗎？我跟榮子同社團啊，你真的都沒在聽我說話耶。」

「——啊，妳確實有說過。」

這件事我還記得，只是不記得榮子是什麼社團罷了。如果我如此據實以告，三谷又會怎麼反應呢？

——詩織的課表我就記得一清二楚。

我試著回想榮子這個人，畢竟和三谷同社團，她倆的個性還真有幾分相似。榮子也喜歡參加聚餐，偶爾也會約我去，想把我介紹給大家認識，但我不願意。現在回頭想想，每次和她發生爭執，好像都是由此而起。

「淺生，你從來沒有真心愛過我對不對？」

榮子並非第一個這麼說的女生，以前也有好幾個人對我說過。「真心」到底是什麼意思？每次被問到這個問題，我總是這麼想。

如今我終於明白，我從沒有真心愛過誰。

因為我現在才知道，如果真心愛上某人，進而陷入愛情無法自拔，馬上就會有所自覺。

「淺生，你想去哪裡？」

「我想再去一次英國。」

「它上面寫要討論沒去過的國家耶。」

「好吧，那德國。」

「為什麼？」

「……因為感覺很冷。」

「你喜歡冷天？」

「嗯，跟熱比起來的話。」
「那你可以去洛杉磯啊，紐約呢？夠冷嗎？」
「誰知道……」
見我煩躁地嘆了口氣，三谷輕笑出聲，喜孜孜地看著我。
「看什麼？」
「沒什麼。」
「……我先寫囉。」
說完我拿起自動筆，「真要去的話，我想去德國，一個人造訪陰鬱的古堡，閉上雙眼，在腦中編織各種古堡的故事，也許是戰爭，也許是童話」，寫到這裡，三谷撐著下巴，探頭過來看我在寫什麼。
「跟說好的完全不一樣嘛，剛剛哪有古堡？」
「如果寫『我想去德國，因為很冷』，未免也太蠢了。」
「你們討論得好熱烈。」都怪三谷笑得太大聲，把老師吸引過來了。老師看了看講義問我：「You're so romantic, aren't you?」（你很浪漫對吧？）
「I don't think so.」（我不覺得。）
她用英文問我，所以我也用英文回答。我從沒被人說過浪漫，只有因為太不浪漫而惹人生氣過。

「不，其實你是個浪漫的人。」老師兀自下結論後，便往下一組走去。

「你很浪漫嗎？」

「就說不是了。好了，換妳寫了。」

「我想去美國，參觀《慾望城市》的拍攝場景，然後到洛杉磯的海邊認識好萊塢貴婦。還有……」

三谷邊唸邊寫。我將注意力移向窗外，一如往常的光景，為了強調「綠色校園」而隨意種植的花草樹木、乏味無趣的大樓、學生群……

週一詩織沒課——所以此時此刻，她一定待在「時鐘小偷」。

「淺生。」

「什麼事？」

「你有在聽嗎？功課。」

「沒有。」

這次我真的沒在聽。「真拿你沒辦法。」三谷一副不信的樣子，笑盈盈地打了一下我的右手臂。

「老師說，要我們回去思考第二題的詳細內容。」

教室前方的白板上寫著「詳細規劃旅行行程」。也就是說，我得規劃一趟德國古堡之旅。

老師宣布下課後，大家也紛紛起身。收拾文具時，三谷轉頭問我：

「你今天要上到第幾節？」

「第三節。」

「我也是……中午要一起吃飯嗎？」

走出走廊，溫熱的空氣迎面而來，窗外是陰天。

我看向三谷，盡可能地好聲好氣。

「我有一本重要的書要看。」

「喔，是喔。」

三谷嘟起嘴，一副鬧彆扭的模樣。

你只有在聊她的時候才會好好回應我，其他一律敷衍搪塞、隨便帶過——何必提醒我這種事呢？這種症狀一旦有所自覺，只會更加惡化。就連剛才和三谷的所有對話，都彷彿要從腦中滿溢出來一般，從頭逐步瓦解，失去意義。唯一剩下的，就只有規劃德國旅行的作業，而我當初之所以會選德國，也是因為想到米歇爾・恩德。

「明天見囉！辛苦了！」

三谷拉開嗓門喊道。星期二沒有英文課，她大概是指第四節的美國文化吧。

「辛苦了。」

我揮揮右手，沒有說「明天見」。

在那之後一直到上班前，我都沒有想起三谷。

＊＊＊

上完第三節課，我於三點前到達「時鐘小偷」。

打開店門，智子姐在櫃檯和一個女性聊天。那位客人我沒見過，但因智子姐和剛認識的人也能談笑風生，所以這樣的光景在店裡早已是見怪不怪。我打完招呼後進入內場，工場今天難得關著門，大概是徹哥需要專心吧。

詩織和平常一樣，直挺挺地坐在長桌旁看書。今天的她穿著水藍色襯衫，和一件介於藍色與綠色之間的長裙。詩織抬起頭，烏黑的秀髮順勢微晃。

「午安。」

「午安，阿靜。」

她用一如以往的雙眸看著我，露出皮笑肉不笑的笑容微聲道：「——星期五那天，給你添麻煩了。」

「不會。」

「真的很謝謝你，不好意思。」

「妳身體狀況還好嗎？」

「嗯，已經好多了。」

我們之間的對話，彷彿依照劇本演出一般順利進行。

我偷偷看向詩織的右手，想當然耳，無名指上依然戴著戒指。

「那就好，今天我要做什麼？」

我看得出來，詩織的表情流露出些許安心。

話題越事不關己，她的精神就越穩定。

「智子姐說等等換我顧櫃檯，所以你應該是負責整理書吧。」

「好。」

穿圍裙時我心想，桌上沒有太多書，等等弄完來打掃一下店裡好了。這時，外場傳來智子姐的聲音：「小詩，換妳囉！」

「好。」

詩織立刻起身，抱著一疊DVD走向外場。我面無表情地目送詩織離開，智子姐接著走了進來。

「阿靜，過來一下。」

「——咦？」

見智子姐將手放在工場的門把上，我感到有些驚訝，因為徹哥一旦把工場門關上，就連智子姐也不可以隨便靠近。「別管那麼多，跟我來就對了。」智子姐說完便兀自打開門，我也只好跟了進去。

徹哥像平常一樣坐在椅子上，不同的是，今天桌上除了有做到一半的飾品，還有戚風蛋糕、鋼盆、打蛋盆、打蛋器、鮮奶油、橡皮刮刀，東一個西一個地放著。

「你今天的工作就是裝飾蛋糕！」

「什麼？」

「本來我打算自己弄，可是我朋友骨折了，拜託我去幫他遛狗。是鬥牛犬喔，很棒吧。」

智子姐說完哈哈大笑。我看向徹哥，他漠然點點頭。

「這該不會是詩織的生日蛋糕吧？」

「對，沒錯。我遛完狗會直接回家，做點東西帶過來，下班後大家一起開個小小慶生會，如何？這點子不錯吧。」

「好是好啦。」

「所以，你要在我回來之前把蛋糕裝飾得美美的，知道嗎？」

「可是我沒有裝飾過蛋糕。」

「這個你放心，因為你的個性本就一絲不苟，甚至可以說是吹毛求疵。草莓在冰箱裡。對小詩可要保密喔，只要關上門，她應該就不會進來這裡了。」

「……」

我向智子姐投以不情願的眼神，她則是微笑以對。

「不准抱怨，你是工讀生，而我是老闆娘，阿徹會幫我監督你，所以你別想搞鬼。我先走囉。」

關門前，智子姐對我眨了眨眼，像平常一樣用右手朝我開了一槍。

我嘆了口氣。總之，先坐下再說吧。看著桌上那些我從沒接觸過的烘焙用具、美味的戚風蛋糕——說實在話，我真的不想弄。因為正如智子姐所說，我知道自己做事有多吹毛求疵。光是那個音樂盒，就花了我不知道幾個小時，中途還一度不耐煩了起來。經過那次我才知道，自己原來那麼笨手笨腳，之所以無法輕易做好，都是因為抓不住要領的關係。

徹哥起身拍了拍我的肩膀，隨後便走出工場。那是有些濕潤的大手。正當我將鮮奶油和砂糖倒入鋼盆中攪拌時，徹哥回來了，手上多了兩杯咖啡。

「謝謝。」

徹哥默默頷首，回到自己的座位上。仔細想想，這好像是我們第一次一起待在這間房間。

「我可以抽根菸再弄嗎？」

徹哥沒有回答，只是將手邊的菸灰缸推了過來。

「謝謝……」

衷心向他道謝後，我點起一根菸，緩緩地吞雲，吐霧。

我抽得非常緩慢，彷彿這是我此生的最後一根香菸，每一口都格外珍貴。直到菸身短到拿不住，我才依依不捨地摁熄，將咖啡一飲而盡。

正當我嘆了口氣，打算面對現實時，外頭傳來聲響。

「——阿靜？」

是詩織的聲音。

我快速地起身。

我心裡想的不是要趕快把蛋糕藏起來，因為詩織的聲音聽起來非常不對勁。火速打開門後，映入眼簾的是詩織的眼眸。她一臉蒼白，表情比仰望天空那時更加青澀無助，發生什麼事了？剛才她還好好的不是嗎？

「阿靜，櫃檯……」

「發生什麼事了？」

我想靠近她，然而她卻猛對我搖頭，我往前幾步，她就退後幾步。

「拜託你去顧櫃檯。」

「詩織——」

「別問了，拜託你快去。」她低著頭，聲音和身體都顫抖不已，左手緊緊握著右手，彷彿在祈禱似的。

「阿靜，櫃檯——」

——詩織紅著眼眶，卻沒有掉淚，只是一臉蒼白地望著我，左手將右手無名指握得發緊，手臂抖個不停。

「我明白了，」我放棄掙扎，「我去顧櫃檯。」

「謝謝。」詩織嘶聲呢喃後，便轉頭衝進廁所。我好想追上去，將她緊緊擁入懷裡。但我做不到，因為詩織不希望我這麼做，她打從心底不希望我這麼做。我知道，因為我的眼中只有她一個人，心思全在她的身上，所以我都知道。我太喜歡她了，喜歡到我無法做出違背她心意的事。

「徹哥，不好意思，我先去顧櫃檯。」

說這句話時，我的嗓音異常低沉。

我到底在搞什麼？詩織這麼痛苦的時刻，我居然在顧櫃檯？

走出內場——

等著我的，是呆站在櫃檯前的三谷。

＊＊＊

「——呃。」

見我大步向她走來，三谷害怕地縮起脖子。

「妳在搞什——」

「我什麼都沒做……」

「妳跟詩織說了什麼？」

「靜！」

正當我要繼續逼問三谷時，徹哥出聲阻止了我。

我吃了一驚，因為我從沒聽過徹哥發出這麼大的聲音，還來不及轉過頭，就被他整個人拉進內場。

他低聲對我說：「詩織不能看到海。」

「——什……」

「原因我不清楚，大概有什麼陰影吧，之前她也曾經因為看到海而臉色蒼白。」

這是徹哥第一次跟我說這麼多話。

「櫃檯上的書，封面是海。」

「封面也不行？」

「我不知道，但詩織之前的反應沒那麼大。那個客人你認識？」

「她是我的大學同學。——個性粗枝大葉的。」

「對她發火也無濟於事。」

徹哥用嘶啞的聲音呢喃道，他的身上傳來陣陣菸味。我轉頭看向外場，徹哥說的沒錯，對三谷發火也無濟於事。

「我去跟她問清楚。」

「好，櫃檯我來顧。」

「——謝謝。」

我從沒看過徹哥顧櫃檯。

徹哥和我一起走進外場。我瞥向櫃檯，上面放了兩本旅行書，一本是洛杉磯，一本是紐約。

——我想去美國，參觀《慾望城市》的拍攝場景，然後到洛杉磯的海邊認識好萊塢貴婦。

三谷一臉泫然欲泣的表情。那我呢？如今的我又是什麼表情？我不知道。

「我們到外面說。」

「淺生……我……」

見到她充滿控訴的眼神，我的口氣更強硬了。

「到外面說。」

走出店外，三谷一直沒有說話。我將她帶到後門，靠在髒掉的紅磚牆上，迅速點了根菸，用吞雲吐霧代替咳聲嘆息。

「——妳來做什麼？妳怎麼知道這裡的？」

「之前跟遠野學姐聊天時，我向她要了店名……才查到地址的。」

「妳來這裡做什麼？」

「找資料。」

「旅行作業的資料？」

「對。」

「然後呢？」

「……沒有然後了。結帳時，遠野學姐就突然變得怪怪的……」

我仔細觀察三谷的表情，她一開始還能直視我，之後聲音卻越來越小，最後乾脆低頭不語。

「妳是說，妳來我們店裡，拿那兩本書到櫃檯結帳，什麼都沒做，然後詩織就突然變得怪怪的？」

「……淺生，你好生氣。」三谷咕噥道。

「我沒生氣。」至少我有努力壓抑情緒，不讓場面失控。

緊接而來的是一片沉默。我轉頭看向店裡，想必詩織現在一定把自己鎖在廁所中，緊握著右手無名指噤聲屏息。她鎖住了廁所，也鎖住了內心，將排山倒海而來的情緒留給自己。

我再度看向三谷。

「妳一定有跟她說什麼吧？」

「說了你不會生氣？」

「不會生氣。」

「為什麼不生氣？」

「因為跟妳生氣也沒用。」

她俯首而笑，笑容間帶有一絲挖苦。

「……我問她，是不是在和你交往。」

她怯怯地說完後，偷看一眼我的表情。我心裡覺得很難為情，但沒有表現出來。

「我走進店裡後……看到學姐一個人顧櫃檯，就問她你在不在。她本來要去幫我叫你……可是我拒絕了……聽到我說『可以問妳一件事嗎？』時，她看起來就像隻孤立無援的小動物。我問她，『妳是不是和淺生在交往？』她先是吃了一驚，急忙搖頭否認。之後就……發生很多事……」

「什麼叫發生很多事？」

三谷猛一抬頭，淚眼汪汪地大吼道：「就是發生很多事啊。」

「之後我就問她有沒有男朋友，誰叫她跟我說話時一直在摸戒指，看了就煩。而且我覺得她很狡猾，那戒指不是你給她的吧？她明明就有男朋友，還有淺生你對她的愛慕，卻在那邊裝可憐，扭扭捏捏，故作姿態。我已經盡量保持風度了，可是她一直不說話，搞得氣氛很尷尬。後來我想說算了，就問她旅行書放在哪裡，在書架上選了剛才那兩本書去結帳……然後學姐就變得怪怪的，雖說那之前她也沒正常到哪去，但看到那兩本書後，她居然開始渾身發抖。看到她那樣我也有點緊張，急忙問她還好嗎，結果她只說了『請稍等』三個字，人就跑掉了。」

「……就這樣？」

她點點頭。我用黑色皮革的攜帶式菸灰缸熄掉香菸，腦中浮現的，是詩織把菸灰缸交給我的畫面，以及剛才放在眼前的蛋糕。我還沒塗奶油，草莓還在冰箱裡。

「淺生？」

「怎麼了？」

「你沒生氣嗎？」

「沒有，來龍去脈我都明白了。」

「她今天會這樣，都是我害的。」

我皺緊眉頭。

「妳到底想幹嘛？故意激怒我嗎？」

「……對。」

「莫名其妙……我要回店裡了，那兩本書妳還要嗎？要的話我幫妳結帳。」

正當我甩頭要走時，一股強大的力量拉住我的手臂，將我整個人壓在紅磚牆上。

還沒來得及回過神來，只見三谷淚如雨下。

「你為什麼不生氣，為什麼——？你又不是學姐的男朋友，好端端的一個人怎麼會變成這樣？淺生，你自己難道沒發現嗎？你變得越來越陰沉，越來越自閉，看起來一點都不幸福。你幹嘛不生氣？在我面前有必要那麼壓抑嗎？想發脾氣就發啊！我們今天才在英文課上有說有笑，那時候我好高興，你不開心嗎？為什麼現在又變成這樣……」

三谷嚶嚶啜泣，用左手擦去淚水，抬頭確認我的表情。

我想，我的表情一定令她大失所望。

所以她才會將臉埋進我的胸膛，嚎啕大哭。

「——三谷。」

「……」

「妳有必要為了這點小事哭成這樣嗎？」

「……這才不是小事。」

「我的個性本來就很陰沉，跟詩織無關。」

後半句是騙人的。事實上，我因為整顆心都懸在詩織身上，根本無暇管別人的事，也無力再作表面工夫。

三谷在我胸前一動也不動。

如果我能將她擁入懷中，事情就簡單多了。

「三谷，放開我，我還在工作，別讓我為難。」

「……還不都是你的錯。」

「我說放開我。」

見我口氣轉為強硬，三谷才放開手，那讓我鬆了一口氣。她停止哭泣，一臉不悅地看著我。

「妳的書還要嗎？」

「……不要了。」

「好……拜託妳，別再惹是生非了。」

「惹是生非？什麼意思？」

她的口氣充滿了挑釁，真令人頭痛。

「就像妳說的，我跟詩織不是男女朋友，給她惹麻煩會讓我感到很愧疚。」

「還不是因為你……」

「如果妳再繼續這樣下去，」我打斷她的話，「總有一天我會如妳所願，對妳感到厭煩。妳要怎麼想隨便妳，但我還是要告訴妳，我的個性本來就很陰沉，本來就不愛說話，也不會對人發脾氣。對於厭煩的人事物，我只會立刻切割。妳大可以去問榮子，她一定很樂意告訴妳我是個多爛的人。」

三谷再度露出泫然欲泣的表情，但我沒有理她，頭也不回地走進店裡。因為我不能讓徹哥一直顧櫃檯，何況……

——你今天的工作就是裝飾蛋糕！

何況，我還有重要的事還沒完成。

那就是以吹毛求疵的態度，把蛋糕裝飾得一絲不苟。

即使詩織可能不會吃。

＊＊＊

我想的果然沒錯，回到店裡時，詩織已回到櫃檯的位子上。她雖一臉蒼白，表情卻充滿了頑強。見我進門，竟衝著我笑了笑。

「剛才真是抱歉，我已經沒事了。」

她沉吟道。我先是往後看了看，確認三谷沒跟過來後才開口。

「對不起，三谷剛才冒犯妳了。」

「沒關係，愛上一個人，偶爾就會無法自拔。」

詩織露出微笑，彷彿在自言自語一般沒有看我。

她一定也是因為深愛著某人，才會變成這樣。剛才那句話不是在幫三谷開脫，而是在幫她自己。

明明近在眼前，卻彷彿遠在天邊。此時此刻，詩織身邊的透明膜比平常厚上數十倍，不讓任何人靠近她的身體，也不讓任何人靠近她的心。我默默繞開她走進內場，如今無論我說什麼，大概都是徒勞無功吧。
回到工場，徹哥早已回到工作崗位上，臉上不帶一絲感情，讓人猜不透他的想法。
「剛才很抱歉。」
「我聯絡智子了。」他只吐出這幾個字。
我點點頭，點燃一根香菸，邊抽邊打發鮮奶油。
之後，我將注意力全放在裝飾蛋糕上。我決定暫時先不跟詩織說話，因為處於警戒狀態的她就有如一座堅固的堡壘，連智子姐都難以攻破。
但是，我見過詩織的脆弱。
她佇立於夜空下，彷彿被人遺棄似的那晚，我見過她的脆弱。
今晚回家時，我一定要在之前告白的地方，向她詢問我最不願知道的事。

***

那天智子姐回來後，「時鐘小偷」依然非常安靜。
詩織後來一直坐在櫃檯裡，不斷重播佩蒂・葛瑞芬專輯。蛋糕裝飾完成後，徹哥遞給我一根菸。智子姐來看蛋糕時，臉上露出又哭又笑的表情。
——總覺得，小詩又變回我剛認識她時的樣子。

大一時，有如玻璃娃娃般的詩織。

我向智子姐道歉，但她只是搖搖頭，輕聲說了句「沒關係」，然後無力地靠在徹哥身上。

慶生會最終還是沒有辦成。

原本打算吃蛋糕慶祝就好，結果不出所料，下班端出蛋糕時，詩織拒絕了。

──對不起，我身體不舒服，吃不下。

她的聲音細如蚊蚋，低著頭，彷彿在告解什麼不可告人的罪過一般。智子姐擠出一個笑容，用溫柔而強硬的口氣說道：「那就帶回去吃吧。」於是徹哥便把蛋糕切塊分裝，專業地固定在盒子裡。

離開店裡後我和詩織就沒有交談，默默提著各自的白色蛋糕盒走在路上。

我當然知道，詩織其實不想跟我一起回家，即便她沒有宣之於口，行為舉止卻說明了一切。之所以勉強和我一起走，是因為她無法拒絕智子姐的好意──「妳身體不舒服，讓阿靜送妳回去。」

走在我身邊的那個人，如今最希望的，大概就是我能像平常一樣裝傻，和她聊不著邊際的話題，又或是繼續沉默不語。

我仰望天空，卻遍尋不著月亮。

忘了是哪一次，詩織告訴我，她喜歡不完整的月，因為滿月太孤單了。

我輕輕嘆了口氣。

「詩織。」

被我這麼一喊，走在稍前方的詩織愕然停住腳步。一樣的公車站牌前，似曾相識的場景。

「阿靜。」

她彷彿是在懇求。

「不行，我一定要說。」

「阿靜，算我求你了。」

「我有事要問妳。」

我安靜地說道，任憑吐出的字句融化在六月的濕暖空氣裡。

我一個箭步向前，擋住詩織的去路，直視她那雙充滿畏懼的眸子。

「——妳的戒指是誰送妳的？」

「……你問這個做什麼？」

「喜歡的女生老是若有所思地摸著戒指，任誰都會在意。」

「阿靜……」

詩織痛苦喘氣，希望我別再追問下去。這些都在我的預料之中，但我既然問了，就勢必要打破砂鍋問到底。

「今天，三谷她……」

「求求你，別說了……」

「三谷今天本來要買洛杉磯和紐約的旅行書，為了寫學校作業。雖說她問了妳一堆莫名其妙的問題，但最讓妳痛苦的，其實是洛杉磯那本書封面的海灘，對嗎？」

詩織低頭不答。我只能繼續說。

繼續傷害我喜歡的女生。

然而，即使我不傷害她，她也會傷害自己。

如果橫豎都會受傷，我想知道她傷害自己的原因。

「……」

「妳為什麼總是拒人於千里之外？沒完沒了——」

「……」

「遇見妳後我就不斷觀察妳，至少現在那個送妳戒指的人，已經不在妳的身邊了。」

「他在。」

她終於有所回應。仰起臉，彷彿在控訴著什麼似的。

「他就在我身邊——」

「他是誰？」

「……」

「拜託，告訴我。」
「為什麼……」
「妳難道不知道，自己笑起來有多麼孤單嗎？為什麼妳明明那麼寂寞，卻不願投入愛情的懷抱？我想知道原因。」
「我……」
「就像妳今天說的，我已經無法自拔了。詩織……」我已經盡量保持冷靜了，然而有那麼一瞬間，我的聲音仍不受控制地發抖，「如果是妳，能眼睜睜看著自己喜歡的人深陷不幸而坐視不管嗎？」
「……不能。」
詩織茫然回答道。
口袋裡的菸盒，已被我捏得縐巴巴的。
緊接而來的是漫長的等待，我的世界彷彿只剩下車子呼嘯而過的聲音。正當一股絕望向我襲來時，詩織抬起了頭，與我四目相接。
她沒有哭。這個人，是不會在我面前掉淚的。
「拜託你別告訴別人。」
她呢喃道。
我點點頭，不知不覺中，脖子已起滿雞皮疙瘩。

我深愛的女生，即將告訴我她深愛的男生的故事。
我想聽又不敢聽，不敢聽卻又想聽。
彷彿內心所想滿溢而出一般，她緩緩地開口。

記憶中的你

Dear 詩織，

SHE SAID YES. 真不敢相信，詩織，我竟然要和艾咪結婚了。

我在翡冷翠飯店餐廳的靠窗座位，也就是我老爸跟老媽求婚的地方，向艾咪求婚，而她答應了我。當然，我知道我們彼此相愛，但求婚總是令人緊張，越想要保持冷靜，心中越是忐忑不安。求婚前，我桌上的紅酒杯還被人撞到地上摔碎了，那讓我感到心灰意冷，怕是老天爺在阻止我。但最後，我還是鼓起勇氣向她求婚了，她先是點點頭，笑著說完「YES」就哭了。

隨信附上求婚當天的照片。仔細看妳會發現，照片上的我們看起來簡直就是兩個蠢醉鬼。當時我因求婚成功而放下心中大石，一不小心就多喝了幾杯，艾咪則像平常一樣暢飲香檳和紅酒。直到快醉倒前，我才想起要給妳照片的事，請服務生幫我們拍了這張照片。真是不好意思，但撇開我們不談，閃亮亮的婚戒和後方的美景還是很棒的。生日快樂。

告訴妳一個秘密。那天求婚前，我沒有求上天助我一臂之力，而是在心中不斷向洋介祈禱，請他保佑我求婚成功。今天能有這樣的好結果，我非常感謝他。

Sincerely, Lee

Dear Lee,

恭喜恭喜。李，你們一定會成為一對人人稱羨的夫妻。我真的好為你們高興，這大概是我這幾年來聽到最幸福的消息。謝謝你寄給我這麼棒的照片，我反覆看了好幾次，每次看都藏不住笑容。

如果洋介還在就好了，他一定會和我一起祝福你們。但你我都知道，現在的他一定也在遠方替你們高興。

恭喜你們，你要好好保重，再多寄幾張照片給我喔。

Sincerely, 詩織

1 向星星許願

至今，我仍記得我與他初次對話的情景。

「遠野，妳到底都在看哪裡啊？」

那是高中一年級的六月底，我上完化學課，一個人走回教室時發生的事。

突如其來的聲音把我嚇得驚叫出聲。轉頭一看，一個高眺的男生站在我的後方，匪夷所思地看著我。發現自己不小心和他對到眼，我立刻移開視線。我在看哪裡？哪裡都沒看，總之，不是在看這裡就對了。

「窗戶……」

花了三秒鐘，我好不容易擠出這兩個字。也不知道他有沒有聽到，就連我自己也知道聲音很小。抬頭一看，對方先是愣了一陣，接著便哈哈大笑。我並沒有要搞笑的意思，他的反應讓我很尷尬。

「春見！」

他轉頭看向遠方叫他的人。我不知所措地低下頭，一心只想趕快離開。聽到他說「我馬上過去！」時，心中頓時鬆一口氣。

「遠野，妳看。」

然而，他卻沒有結束對話的意思，我再度看向他的雙眸，只見他指著窗戶說：

「妳以為人類為什麼要發明窗戶？看天空吧，天空。」

一雙大手修長的食指，指向夏天來臨前、雲淡風輕的藍天。

語畢，他像風一般跑過我的身邊。

春見洋介。

我知道他的名字，但從沒有正式說過話，沒想到他竟然會注意到我這個人。

——遠野，妳到底都在看哪裡啊？

——看天空吧，天空。

春見洋介。

升上高中已過了兩個月，我總是藉由看書來逃避教室裡的喧囂。

春見洋介是第一個認真跟我說話的人。

＊＊＊

國三那年秋天，因住在鄉下奶奶病情日益惡化，已無法自己照顧生活起居，所以父親決定要舉家遷回鄉下。

母親雖不甚開心，卻也沒有反對。而年僅國三的我，對父母的決定也只能言聽計從——

至少我當時是這麼認為的。

我國中讀的是設有高中部的私立女子中學。搬家代表我必須離開原本的學校，進入一般的男女合校就讀。

——詩織肯定比較適合讀女校。

所有的好朋友都這麼跟我說，其實我自己也這麼覺得。從小我就拿男生沒輒，他們只會欺侮同學和捉弄女生。比起來，女校的生活就平靜多了，大家各自加入合得來的小圈圈，彼此相安無事，井水不犯河水。

國中畢業典禮上幾乎沒有人哭，因為大部分同學都要一起直升高中，所以當天氣氛其實和結業式差不多。然而對我而言，那卻是真正的畢業典禮。花了三年好不容易才適應學校環境，如今卻被獨自放逐，一切不得不從零開始。我既害怕又難過，好想大哭一場，但我從小就是個想哭也哭不出來的孩子，所以只是緊咬著下唇。

「我叫遠野……詩織。」

入學典禮那天，老師要我們依座號順序自我介紹。那時我坐在右邊數來第四排的最後一個位子，站起來時，前方的導師、同學全都轉過來盯著我看。我用顫抖的聲音報上姓名後就沒再說話，一個開朗的女生見狀舉手問道：「興趣呢？」

「……閱……讀。」

啊，糟糕，我搞砸了。

但話已出口，覆水難收，俯首坐下的瞬間，教室裡陷入一片尷尬的寂靜。還好坐第五排最前面的男生隨即起身自我介紹，他朗聲報上姓名，神采奕奕地說自己從小學就開始踢足球、之後也打算加入足球社、聽說社團經理是女生讓他很期待……等，教室裡笑聲此起彼落。我嘆了一口氣，覺得自己好沒用。

「有件事要跟各位報告。」

自我介紹完畢後，班導米澤老師宣布道。他年約四十中旬，身材修長，鬍子濃密，除了是社會老師，還是籃球社顧問。

「現在教室裡只有三十五人，但其實我們班總共有三十六人，看，還有一組空桌椅不是嗎？」

「是中輟生嗎？」

一名同學說完後，全班哄堂大笑。我心想「這班同學感情可真好」，宛如事不關己。

米澤老師微微蹙眉，似乎對這個提問感到意外。

「不是，他比你們大一屆，休學到洛杉磯留學一年，今年六月才會回來。」

大家聽到「留學」、「洛杉磯」，紛紛騷動了起來。

「他是去年出發的，留學前曾在籃球社待過兩個月。是個怪咖，但還滿有趣的。總之，我們一年C班總共有三十六人，有沒有問題？」

「那個留學生叫什麼名字？」

「春見。」

「是女生嗎？」

「是男生。春見是姓，看見春天的『春見』。名字叫洋介，太平洋的洋，介紹的介。」

老師在黑板上寫下「春見洋介」四個字後，又立刻擦掉。

「不用急，你們兩個月後才會看到他，到時候有什麼問題自己問他就是了。還有其他問題嗎？沒有的話，我們來選班級幹部。」

因自願要當班長的同學有四位，只好用猜拳的方式選出一男一女，猜輸的兩個人則當副班長。在兩位班長的主持下，幹部選舉進行得非常順利，而我也如願被舉薦為圖書股長。

「因為遠野同學喜歡看書嘛。」

女生班長笑著對我說。我不知道該回什麼，只是茫然點了點頭。

真糟糕，我又搞砸了。

每個幹部職位都必須有一男一女，可是，沒有男同學想當圖書股長。經過幾輪猜拳之後，最輸的男生一臉不悅地向我走來，碎唸道：「我之後會加入社團，放學後可能沒什麼時間。」

我無言看著他良久，直到他露出「妳看什麼」的眼神，才急忙低頭道：「我知道了。」

開學第一天，沒半件事順利的。

對我而言，高中男生每一個都是身材高大、聲音低沉的未知生物，我完全搞不懂他們在想什麼。而更讓我搞不懂的是男女合校的高中女生，她們和女校的女生雖然類似，卻有著微妙的不同，一種微妙而決定性的不同，卻又說不上來到底是哪裡不同。那讓我不知所措，而我的不知所措，也讓班上同學不知該如何是好。

他們沒有霸凌我，也沒有刻意排擠我，但即使如此，我仍覺得自己跟一年C班格格不入。班上同學彼此都很親暱，但不論男女一律叫我「遠野同學」。我和他們的關係僅止於此，也不知道該如何縮短距離，所以只要一有時間，我就會埋頭看書。

偶爾會有好心的同學來這麼對我說：「遠野同學好喜歡看書喔。」我想，這大概是他們對我的唯一印象吧。

＊＊＊

春見洋介第一次走進教室，是六月初期中考卷發回後。

放學前的班級時間，教室裡突然一片騷動。我聞聲抬頭，第一個想法是「好高的男生」。他的個頭比米澤老師還要高一些，頭髮帶點褐色，沒有穿制服外套，白色襯衫捲到手肘的位置，露出扎實的手臂。從走路方式和體格來看，他應該是個運動健將。

「坐下！坐下！安靜！他就是我之前跟你們提過的留學生。春見，跟大家自我介紹。」

「我叫春見洋介，十六歲，處女座O型。之前我休學一年，到美國邊玩邊念高中。會說簡單的英文但功課很爛，特別是日本史。」

「你是在找我的碴是嗎？」

米澤老師驚呆地瞪了他一眼，春見洋介則歪嘴笑了笑。班上同學似乎都覺得他很有趣。

「雖然我大你們一歲，但各位不用在意年齡的事，只要把我當作普通的轉學生就行了。請多多關照。」

「你這傢伙還真是一點都沒變。總之，今天春見只是來跟大家打聲招呼，明天就會跟我們一起上課。有沒有問題？」老師用筆敲了敲點名簿。

一個男同學喊道：「你有金髮女友嗎？」

被這麼一問，洋介睜大眼睛，一臉頑皮地說：「她哭哭啼啼拉著我叫我不要走，但我還是甩開她的手回來了。」

「這種沒營養的話題，放學後你們自己聊就可以了。春見，你先坐下。」

「是。」說完，他走向右邊數過來第五排的最後一個位子，也就是我的旁邊，很自然地坐下來，彷彿他已經坐在那邊很久似的。在三十五個陌生人的注目下，他竟然一點也不緊張。前方的男同學轉過頭來跟他聊了幾句，兩人隨即發出老友般的笑聲。

我眨眨眼，繼續閱讀手上的小說。

主角小女孩把蜜蜂抓在手中，結果被蜜蜂叮傷，嚎啕大哭——沉浸在作者的文字中，教室中的笑聲、喧囂聲，於我而言都只是遠方的雜音。

身為圖書股長，有時必須在放學後到圖書室執勤。那天我在前往圖書室的途中，看到春見洋介和一群二年級的男生有說有笑。那些人都是他以前的同學，想必他應該有很多朋友吧？有人花了兩個月還是無法融入校園生活，也有人在短短幾分鐘內就成為校園中的風雲人物。

「喔，遠野同學，午安。」

一走進圖書室，負責管理圖書的老師便笑著和我打招呼。我先向他微笑點頭示意，隨即坐進還書櫃檯。至於另一名男圖書股長，他後來加入了網球社，從沒來圖書室履行過職務。

＊＊＊

——妳以為人類為什麼要發明窗戶？看天空吧，天空。

經他這麼一說，我開始不時仰望天空。

在那之後過了一週，進入七月後，陽光就有如盛開的蒲公英花般黃潤。我提著水藍色的便當袋走出教室，這個便當袋是奶奶以前做給我的，自從搬來和奶奶一起住後，她經常一睡就是一整天，所以我最近都沒見到她。奶奶每次見到我總會問「詩詩，新學校好玩嗎？」，只要我回答「好玩」，她就會彷彿知道我在說謊似的，露出悲傷的表情，然後遞給我幾顆金平糖。

和奶奶相處總讓我覺得自己回到了小時候。念小學時，我常被班上男同學欺負，哭喪著一張臉回家。奶奶那時身體還很硬朗，經常來我們家作客，每每看到我愁眉苦臉的模樣，她就會送我幾顆金平糖。這種糖果，以前吃能撫慰心靈，現在吃卻令人悲從中來。

「遠野？」

我嚇了一跳，家裡只有奶奶一個人會叫我詩詩，學校裡也只有一個人會叫我遠野。轉頭一瞧，是春見洋介。他平常總是成群結伴，今天卻只有一個人。大概是天氣熱的緣故，他身上的短袖白襯衫有兩顆釦子沒扣。

「妳要去哪？」他歪著頭挑眉問道。

為了閃避他的目光，我低頭看向自己的便當袋。其實我正在找地方吃飯，從期中考前開始，因為教室裡太吵，所以我每到中午都會離開教室，自己找個安靜的地方吃飯念書，沒想到卻意外愛上這種自在的感覺。之後我每天中午都會去沒人的地方吃便當，有時在操場，有時則在空教室。

他走近幾步，一副在等我回答的樣子。

「我在找地方去。」無計可施的我，硬是擠出這幾個字。

——糟糕，我又搞砸了。我吞了口口水，抬眼看向春見洋介，沒想到他卻一臉樂在其中的表情。

「妳的回答好哲學喔。」

「……操場……」

「妳不在教室吃飯嗎？」

「或是花圃旁邊的樓梯之類的……沒人的地方。」

「是喔，這資訊不錯耶。」

我不清楚這些資訊有什麼可取之處，但對方似乎沒有離開的意思，不知不覺中，我們開始並肩而行。

本以為他是要去廁所，沒想到他卻走向樓梯，兩階併一階地開始下樓。

「妳一定沒想到我會跟來吧。」

他走到樓梯間，欣然看向僵在樓梯口的我。

我點點頭。畢竟對我而言，高中男生是未知的生物，更別說像春見洋介這種和我有著天差地別的人。

「我還沒到午休時間就把便當吃光了，所以現在要去買。」

「去哪買……？」

「超市吧。」

校規不允許學生擅自離開校園，但像他這麼我行我素的人，肯定不會把校規當一回事。

我踏上池藻般的深綠色樓梯，見他在樓梯間等我，便用比平時稍快的速度下樓，踏進樓梯間時，鞋底的橡膠還發出尖銳的摩擦聲。猛一抬頭，春見洋介看著我笑了。

我們肩併肩繼續下樓，他就算沒有兩階併一階走，速度仍比我快。但每每超過我時，他總會放慢腳步等我。我因此慌了起來，最後搞得像在競走似的，再加上心裡緊張，走完三層樓梯竟有點喘。

我們各自到鞋櫃換鞋。既然他要去超市，我們應該會在這裡分頭走。我仰望著他，他則歪著頭俯視我。

「遠野，妳喜歡PAPICO[1]嗎？」

我反射性地點點頭。

「好，那等等花圃旁見。」

春見說完，便一溜煙地跑走了。

「……」

留下一頭霧水、不知所措的我。

PAPICO？高中男生真難懂，而春見洋介更是令人無法捉摸。

我沿著建築物的陰影走向操場。家政科教室前的花圃裡開滿鮮紅色的一串紅，這種花單株還算可愛，數量一多起來卻不怎麼討喜，滿滿的紅色給人一種惡毒的感覺。

烈日當頭，今天比平常氣溫還要高。我抬頭望向校舍，心裡想著等等要去空教室吃飯，但雙腿卻不聽使喚地走向樓梯。這是怎麼回事？

——那等等花圃旁邊見。

不能當真，那不過是隨口說說的玩笑話罷了，否則只會被人當成認真魔人。

我走到花圃盡頭的樓梯，鋪了條手帕坐下，把便當放在大腿上，做了一個鼻吸口呼的深呼吸，任憑初夏的空氣流通全身。

正當我吃完玉子燒和金平牛蒡絲時，一個身影映入了我的眼簾——是春見洋介，他正朝這裡走來。

我緊張得正襟危坐。如果說我沒想到他會來，那是騙人的。我的心中還是抱有一絲期待，只不過害怕希望落空，才一直告訴自己他不會來。

我已經沒心思吃便當了。他迅速來到我的右下方，就像他第一次進到一年C班教室那天一樣，很自然地和我相隔兩個階梯坐下。

「好小的便當，吃得飽嗎？」

「……吃得飽。」

「妳不覺得這裡很熱嗎？」

「很熱……」

他一邊在塑膠袋裡撈呀撈的，一邊抬頭望向我。

「店員有給我保冷劑，不用擔心。」

「擔心什麼？」

1. 固力果（glico）出的吸吮式冰沙棒。

「PAPICO啊！」

「可是我……」

「妳不喜歡？」

「不，我很喜歡。」

「感覺好像在野餐喔。」

他邊喊熱邊拉著領口搧風，灌掉一半五百毫升的礦泉水，一口啃掉半個可樂餅麵包，然後用左手無名指擦掉嘴邊的醬汁，抬頭看向我。意識到他熱情的目光，我急忙別過頭。

「我小時候的某個雨天，在路邊撿了一隻瀕死的流浪狗，後來就一直養在我們家。我不知道牠實際年齡幾歲，但牠光是在我們家就住了十年以上，已經是個老奶奶了。是隻雜種狗，中型體型，看起來就像隻放大的蝴蝶犬。眼神很兇惡，但其實個性很溫和。」

說到這裡，他將剩下的麵包塞進嘴裡，咬了幾口就囫圇吞下肚。

「我妹今年九歲，比大大還小。大大是那隻狗的小名，牠真正的名字叫大象。」

「大象？」我不禁反問。

他笑咪咪地回答道：「因為我小時候很喜歡大象。我妹剛出生時，大大看她的眼神就像在看一隻稀有動物，充滿了警戒。」

「嗯……？」

「妳現在看我的眼神，就跟大大一模一樣。」

「咦？」

我慌了，話題怎麼一下子轉到我身上？春見洋介見狀大笑，又從塑膠袋裡拿出一個熱狗麵包狼吞虎嚥了起來。吃完後，他瞄了一眼我的便當說：「妳不吃嗎？還有點心可以配耶。」被他這麼一說，我趕緊吃了一口漢堡排和白飯。

他默默盯著我瞧了一陣，見我露出尷尬的表情才開口問道：「妳都在這裡吃午餐嗎？不熱嗎？」

「有時候也會在室內吃。」

「沒有人的地方？」

「……對。」

「哪裡？」

「空教室、頂樓樓梯之類的。」

「頂樓？為什麼不直接上頂樓吃？」

「因為通往頂樓的門鎖著，而且樓梯間也很安靜。」

「原來如此。」他點點頭。我一語不發地吃著便當，心想我又搞砸了，他一定覺得跟我聊天很無趣。像他這種萬人迷，應該有其他更好玩的樂子才對，何必跟我窩在這裡呢？

「給妳。」見我開始收便當盒，他從袋子裡拿出PAPICO遞給我。我道謝接過，手上一陣冰涼。

我吸了一口冰沙，綿密的口感令人懷念。春見洋介像個無底洞似的，兩三下就把冰沙解決了。

他將所有垃圾收進袋子裡，起身準備離開。

……啊，他要走了。我咬著PAPICO打量他高壯的背影，他頓時一個轉身，和我四目相接。

「好吃嗎？」

「好吃。」

「開心嗎？」

他露出笑容，也不等我回答就接著說：「我很開心喔。先走囉，遠野。」

我還在思考要怎麼向他道謝時，他已揮手離開。

「……」

吃完後，我拿著空包裝和便當袋起身，將手帕摺好收進口袋。此時一陣風吹來，我壓住被吹亂的頭髮。天空依然高高掛著蒲公英般的太陽，照得我額頭微微冒汗。

——如果我可以更健談就好了。

他為什麼要來這裡？為什麼要請我吃冰？我已經很久沒有跟人一起吃午餐了，所以顯得非常緊張，更何況，這還是我第一次跟男生單獨吃飯。但不可否認的是，當他起身準備離開的那一刻，我的心中有些許落寞。

——如果我可以更健談就好了。

如果我能笑著對他說「我也很開心」就好了。

我像平常一樣，獨自沿著開滿一串紅的花圃漫步。看著被風兒吹動的花朵，我的心也跟著掀起一片片的漣漪。以後還有機會像這樣跟他聊天嗎？

春見洋介。如果以後還有機會跟他說話，我一定要為PAPICO的事向他道謝。

＊＊＊

「難得放暑假，妳也出去走走嘛。」

放暑假後，媽媽就不時把這句話掛在嘴邊，彷彿我待在家裡是一種罪過似的。無計可施之下，我只好抱著暑假作業來到學校。

暑假期間，圖書館除了五天的公休日，每天都開到傍晚五點。

其實我也想像青春小說裡的人那樣，到咖啡廳或連鎖餐廳念書，無奈我不習慣人多的地方，如果去了，一定會因為太過在意周遭而無法專心。

從巴士站到學校短短的距離，就足以讓脖子上冒出一顆顆斗大的汗珠。走進圖書室，不少三年級的考生正埋頭苦讀。我選了一個沒什麼人的地方坐下，喘了口大氣後望向窗外。

——看天空吧，天空。

暑假前兩週，我和春見又一起吃了兩次午餐。因外面實在太熱，後來我都到空教室或頂樓樓梯吃便當，而他總有辦法找到我。

——妳會不會不喜歡我來？

第一次來空教室找我時，他這麼問道。從口氣聽來，他並非在責怪我，而是出自好奇。見我急忙搖頭否認，在對面的他對我微微一笑。

——那妳為什麼一副很困擾的樣子？

——我怕你……

一回生二回熟，我已經沒有上次那樣緊張了。每當我開口說話時，春見都會靜靜地看著我的眼睛。那雖然讓我有些不知所措，但對於步調緩慢的我而言，就像是一劑強心針，因為我知道他會認真聽我把話說完。

——我怕你覺得無聊。

我看向他，與他對視了三秒。「怎麼辦？該移開視線嗎？」正當我在心中天人交戰時，春見噗哧一笑。

——瞎操心。

他挖苦我道，見我露出尷尬的表情，笑得更開心了。

第三次他也是不請自來，把便利商店的炒麵吃個精光後，便趴在桌上呼呼大睡。睡前還不忘提醒我鐘響時叫他起床。我不禁偷笑了一下，這個人實在太有意思了。我不知道春見為什麼要來找我，但看到他在我身邊依然如此無拘無束，我也就放心了。

——遠野，下次見。

他在走廊上對我說道。這是我們在暑假前的最後對話。

春見的暑假生活應該既豐富又充實吧。他之前曾跟我說暑假要去參加社團，班上同學都說他是籃球社的風雲人物，而我多少也聽到了一些。他簡直就是小說裡的男主角，逍遙自在，親切隨和，渾身散發出耀眼的光芒。

下學期，他還會來找我一起吃飯嗎？

＊＊＊

「詩詩，星星沒有了。」

開學前一週的八月下旬，媽媽叫我把切成小塊的西瓜送去給奶奶吃。

奶奶從以前就叫金平糖「星星」。

「是嗎？」

我將西瓜放在病床的桌子上。奶奶哀傷地點點頭，望向一旁櫃子裡的手掌大玻璃罐。罐子裡空空如也，事實上，它從暑假後就一直空在那，而這已經是奶奶第三次跟我說這件事了。

八十四歲的奶奶非常健忘，金平糖沒有後她就跟我說過一次，說完又忘了自己有說過，所以才會一而再、再而三地向我提起。

「我之後去買。」

我邊用叉子挑掉西瓜籽邊說道。這也是我第三次這麼回答奶奶，仗著她一定會忘記，每次說完我都沒有真的去買，只因為一個自私的理由——我不想再因金平糖而悲從中來。但是，聽到奶奶說「星星沒有了」時，我心裡也一樣難過。

我每週會來看奶奶兩、三次。奶奶平時根本不記得金平糖沒了，但每每我來看她時，她看到不怎麼快樂的我，總會想給我金平糖。只有這時候，她才會發現金平糖的罐子空了。

「我馬上就去買。」

滿臉皺紋的奶奶給了我一個微笑。

「詩詩，妳在放暑假嗎？」

「嗯。」

「妳每天都在做什麼？」

「寫作業……看書。」

「這樣啊……奶奶的錢包不知道跑哪去了，妳去把它找出來，買完星星後，再買一些自己喜歡的零食。」

「……好，記得吃西瓜喔。」

「謝謝。」

奶奶將細白的手臂伸向塑膠叉。之所以幫她準備這種叉子，是因為她已拿不動一般的金屬叉。我嘆了一口氣，起身走回客廳，和正在看電視的媽媽報備等等要出門的事，然後回房換上制服，將錢包、看到一半的書放進托特包裡。

盛夏的午後三點，才踏出門外一步，酷熱的天氣已讓我感到走投無路。

＊＊＊

之所以來學校，是因為無處可去。

下了公車、走到校門口已是汗流浹背。我深吸了一口氣後走進學校，自問道：「難道我沒有其他地方可以去嗎？」——「沒有」，心中一個冷冷的聲音說。

我知道自己並不屬於這裡，選擇學校只是因為我可以來這裡。

踩上空蕩蕩的樓梯，瞬間有種迷失方向的錯覺。我閉眼數秒，回想和春見一起下樓的畫面，才又踏出腳步。暑假怎麼不趕快結束呢？雖然我並沒有多喜歡上學，但上學至少讓我有事可做。

圖書室一如往常的安靜，只有幾名高三生在裡頭苦讀，看著他們，彷彿像是在看兩年後的自己。雖然大學感覺離我還很遙遠，但我已默默決定要考東京的大學。

——我想離開這裡，遠遠離開這裡。

圖書館五點關門前，我將帶來的書看完，還給櫃檯後便離開學校。「星星沒有了。」——想起奶奶說的話，我嘆了一口氣，看來回家前得去超市一趟。或許奶奶已經不記得了，但我卻沒有忘記。與其聽奶奶咳聲嘆氣，我寧願吃金平糖。

我低頭看著自己的皮鞋，像在走鋼索一般，搖搖晃晃地走在白色的道路邊線上。蟬鳴擾耳，天空是一片無止境的藍。

超市的冷氣好冷。我走到零食區，拿了一袋透明包裝的金平糖，輕嘆了一口氣。正打算去結帳時——

「遠野？」

有人叫住了我。

我屏住呼吸，不敢置信地轉過頭一看，是穿著學校運動服的春見。

「真的是妳。」他笑道。

「啊……」

他提著購物籃向我走來，露出不可思議的表情。

「妳怎麼愁眉苦臉的？」

「愁眉苦臉？」

「嗯。妳的表情看起來根本不像在零食區，喔不，偶爾也會見到要不到糖吃的小孩露出這種表情。」

「……我沒有啊。」

「妳手上拿著什麼？」

我將下意識藏起來的金平糖拿給他看。

「妳想吃這個啊。」

「我幫我奶奶買的。」

「妳奶奶要買的東西真可愛，哪像我奶奶，只會吃仙貝。」

我看向他的購物籃，裡面裝著炒麵麵包、可樂餅麵包，還有一罐汽水。

「你是去社團嗎？」

「對，剛結束，肚子餓了來買點心。」

說著說著，春見又拿了一包洋芋片放進籃子裡，看來他依舊是個大食怪。

「我請妳吃冰，遠野。」

「咦，不用啦。」

「因為妳看起來好沒精神。」

「我精神很好。」

「剪刀石頭，布！」

猜拳？這未免也太突然了。一陣慌亂中我出了石頭，他出了布。

「我贏了！走，去買PAPICO。」

「咦？」

「妳等一下有事嗎？」

「是沒有……」

「那我們一起吃PAPICO。」

「為什麼……」

「因為妳猜拳輸了。」

春見露出喜孜孜的笑容，大步大步往冰櫃走去。我急忙跟上前，他拿了一包PAPICO遞給我，隨後前往櫃檯結帳。看來這冰我是一定得吃了。

春見的行為還是一如往常難以捉摸。走出超市後，他先是在悶熱的停車場以迅雷不及掩耳的速度解決掉炒麵麵包，然後找了一個沒有人的吸菸區，坐在裡面的藍色長椅上。我在他身邊隔了一點距離坐下，見他像暗示著什麼似的看著我手上的塑膠袋，急忙打開PAPICO，拆了一條給他，自己則開了另一條來吃。因為天氣悶熱的關係，裡頭的冰沙早已變軟，吸進口裡馬上就溶化。

「妳暑假都在幹嘛？」

春見問了和奶奶一樣的問題。我不禁有些傷感，輕聲回答道：「寫作業和看書。」

「還有幫忙跑腿？」

「……嗯。」
「妳不喜歡金平糖？」
「為什麼這麼問？」
春見沒有回答，只是用焦褐色的眼眸注視著我。我趕緊低頭看向手上的塑膠袋，裝著金平糖的塑膠袋幾乎沒有重量。
「……我奶奶都叫金平糖星星。」
「嗯。」
「奶奶叫我來買星星，但她不是自己要吃，而是買給我的。小時候我心情不好時，她就會拿星星給我吃，把星星放在我的手中，提醒我不能咬碎。」
「為什麼不能咬碎？」
「她說，只要含在嘴裡，在心中向星星許願，願望就能實現。」
「遠野，妳的願望是什麼？」
「……不知道。」
以前的我有很多願望，希望男生不要再拉我頭髮，希望騎腳踏車不要摔倒……然而，現在的我卻無願可許。我知道自己不快樂，卻不知道該怎麼做才能讓自己快樂起來。
糟糕……我又把氣氛搞僵了，這個話題一點都不適合暑假。我抬頭望向春見，他手上拿著喝了一半的寶特瓶汽水，額頭冒著汗，一臉認真地聽我講話。這些日子他曬黑了，頭髮也剪短了。

眼前的春見是如此光芒四射，耀眼到我不禁微瞇雙眼。我一直很嚮往變成他這樣的人，無拘無束，溫柔而堅強。

「……春見呢？有什麼願望？」

比起聊自己，我更想聽他的事。

他喝了一口汽水，將身體轉向前方，用飄渺的眼神望向遠處，再緩緩轉向我，微歪著頭，靜靜地說道：「我想看見妳的笑容。」

「……」

起初，我沒搞懂他的話。

直到與春見四目交接，看到他焦褐色的眼眸，我才意識到他說了什麼，淚水瞬間充滿了眼眶。面對我突如其來的眼淚，他微微瞪大了眼。

我伸出右手摸了摸臉頰，發現濕濕的，就連自己也嚇了一跳。

「啊……」

一股羞恥感湧上心頭，我立刻摀住嘴巴，起身拔腿就跑。「遠野！」春見追了上來，一把拉住我的手腕，我原本緊握在手中的PAPICO，就這麼掉了下來。

「對不……起……」

我拚命想要止住眼淚，但因為太久沒在人前哭泣、實在是太久沒在人前哭泣，根本不知道該如何讓自己停下來。以前總是欲哭無淚的我，怎麼會像這樣莫名其妙流下眼淚呢？

「用不著道歉。」

春見沉著地說。他的大手既濕潤又溫暖，我沒有勇氣抬頭看他，只是低頭咬著唇，用右手掩面不斷哭泣。越想止住眼淚，眼淚就越是不受控制地不斷湧出。

「我、我不會再哭了，放開我好嗎……」

他猶豫了三秒，才慢慢放開我的手。我在悶熱的停車場旁蹲下，閉上眼睛做了幾次深呼吸，用力眨一下眼睛，沉默一會後，才終於冷靜下來。

「妳還好嗎？」他問道。

「還好。」情緒是恢復了，但我仍不敢抬起頭，因為我現在的臉一定很醜。混亂和焦躁褪去後，取而代之的是羞恥與尷尬。一個高中生居然在人前嚎啕大哭，實在太丟人現眼了。

「……對不起，突然在你面前哭出來。」

「臉抬起來。」

「……」

我東倒西歪地起身，猛吸一大口氣、抹去臉頰上的淚水後，才抬起臉來看向站在一旁的春見。他臉上掛著微笑，眼神淨是溫柔。

那一瞬間，我的胸口緊緊縮了一下，好奇怪的感覺。

「漂亮多了。」

「……？」

「妳哭完以後漂亮多了。」

我害羞地低下頭，用笑聲掩飾尷尬。

「啊，笑了！」春見開心地說。

2 初戀

九月開學後，準備校慶的期間，春見和女友分手的消息在班上傳得沸沸揚揚。我這才知道，原來春見之前有女朋友。

「你幹嘛跟高野學姐分手啦！她很正耶！」

「很難解釋耶。」

「你真是暴殄天物耶，你們好不容易才撐過遠距離不是嗎？」

「才沒有，我去美國前就跟她分手了。」

「是嗎？但回來又復合了吧？」

「那是因為她……算了……你怎麼那麼清楚？不是不同屆嗎？」

「因為我姐跟她同屆啊，而且你們這對在學校本來就很有名好不好。」

「有嗎？」

「是你甩人家的對吧？人帥真好，可惡耶你。」
「幹嘛啦，你喜歡高野喔？」
「啊？沒有好嗎？我根本沒跟她說過話，只是你單身讓我很不爽罷了。」
「為什麼？」
「因為你一定會對我們這屆的妹出手啊。」
「你少污衊我。」
跟春見聊天的，是他在班上最要好的同學——野崎。春見一臉不悅地說完後，拿起水彩筆往野崎臉上一戳，把褐色顏料塗在他臉上，兩個人因此笑成一團。
今天的班會米澤老師沒來，大家忙著製作校慶的鬼屋。我一邊剪下令人毛骨悚然的狐狸面具，一邊看春見他們在做什麼。其他幾個男生也加入了戰局，互相在對方身上塗顏料。
「居然分手了。」
說這句話的當然不是我，而是坐在我旁邊的兩個女生。
「春見是外貌協會的嗎？」
「男生應該都很在意外表吧，何況他的前女友是高野學姐耶。」
「不過，春見受女生歡迎又不花心，對每個人都很好呢。」
「……喔，妳該不會喜歡春見吧？」
「才沒有呢……不過，如果他跟我告白，我應該不會拒絕吧。」

「妳放心，他才不會跟妳告白。」

「要妳管。」

兩個女孩說完哈哈大笑。我只知道春見人緣很好，但從沒想過他會有女朋友，也不知道有這麼多女生喜歡他。

進入新學期後，我跟班上同學好像比較有話聊了，但除了春見以外，其他人依舊叫我「遠野同學」，看來，愛情兩字依舊離我很遠。小學的我對男生避之唯恐不及，國中又讀女校，所以從沒交過男朋友。

甚至沒有喜歡過任何男生。

我現在在看的書、前天看完的書，都有談情說愛的橋段，之後的書大概也不會有例外。每本書裡都有一段愛情故事，但我的生活裡並沒有。我從沒想過愛情會降臨在我身上，男歡女愛似乎離我非常遙遠。

「……」

我小心翼翼地將面具剪下，腦中浮現剛才一個女同學跟我說的話──「遠野同學，這種東西隨便剪剪就好了啦，不用剪得那麼漂亮。」什麼叫做隨便？我實在不知道。

我既不機靈又不聰明，對很多事情都一竅不通。

不知道怎麼跟剛認識的人說話，也不知道怎麼跟陌生人相處，別說異性了，就連跟同性相處也會緊張得不知所措，看來，戀愛於我真的是遙不可及。

抬頭看向春見，他和幾個男生正幫一個巨大的紙糊喪屍上色。那喪屍是春見和野崎一起做的，他們的手真巧。仔細想想，春見有女朋友是很正常的，因為他和我完全是兩個世界的人。

——然而，他也不是一直離我這麼遠。

開學後，他午餐時間偶爾還是會來找我，在四樓的邊間教室、舊音樂教室，一起吃飯聊天。我們的話題天南地北，從我正在看的書、他想看的電影、昨晚作的惡夢，甚至新上市的冰都可以聊。自從暑假在他面前哭出來、顏面盡失後，和他相處變得比以前自在多了。

春見非常健談，同時也是很好的聽眾，這讓我感到很安心，在他面前無話不談。

下次一起吃飯時，來跟他請教戀愛的事好了。

＊＊＊

「春見，你很懂愛嗎？」

被我這麼一問，春見難得露出慌張的神色，差點把嘴裡的綠茶噴出來，掙扎了一陣才吞進去，猛咳個不停。

我被他激烈的咳嗽聲嚇得閉上眼睛。他用手臂摀住嘴，瞇眼瞅著我。

「妳說什麼？」

「……我說，你懂不懂愛？」

「妳……」說到這裡他打住，東張西望確認有沒有別人，當然，舊音樂教室裡只有我們兩個，「妳怎麼了……怎麼會問這個？」

沒想到一個午休翹課出去買東西，在超市被米澤老師逮個正著還能不動聲色的人，居然也有這麼魂不守舍的時候（據說他立刻跟老師道歉，用一罐咖啡的代價拜託老師饒他一馬，更誇張的是米澤老師居然收下了咖啡）。

「不能問嗎？」

「……問什麼。」

「愛啊。」

「也不是不行……好，我們先冷靜下來，不是不能問，而是妳問得太抽象了，妳是問哪方面？」

「有很多方面嗎……？」

春見緩緩轉過身，喝了一口綠茶，做了一個深呼吸後轉回來。

「妳怎麼會突然想到問我這個？」

「因為我聽到班上女生在討論你。」

「……喔。」

「不是講你壞話啦，是誇獎你很受女生歡迎。」

「是喔……」

「我完全沒意識到這一點。該怎麼說呢……小說、電影裡只要出現高中生，就一定跟戀愛脫不了關係，可是我升上高中後，還是覺得自己跟愛情八竿子打不著邊。所以才想問問身邊有戀愛經驗的人，也就是你，兩情相悅是什麼感覺。」

我靜靜地看著他。春見用耐人尋味的表情點點頭，咬著唇像是有話要說，又像是無可奉告。

「我們還是換個話題吧。」

「不用不用，不用特別換話題。」春見急忙說道，接著嘆了口氣，露出無奈的笑容，

「……原來如此，所以遠野妳從來沒喜歡過別人囉……」

「嗯，大概吧……國小的男生就只會欺負我，國中又是讀女校……」

其實讀女校時，很多同學都對戀愛充滿憧憬，比較成熟的女生更是每天把男朋友掛在嘴邊，但我和她們並不交好，所以她們口中的那些戀愛經驗，對我而言就像遙遠的童話世界。

春見把鮪魚飯糰塞進嘴裡，舔了舔右手拇指，將嘴裡的東西吞下肚後看向我。

「遠野。」

「有。」

「……我跟前女友，其實並沒有兩情相悅那麼美好。」

「咦？可是你們交往了不是嗎？」

「我們國中也同校，畢業典禮前高野跟我告白，然後我就答應了。妳知道的，面對像她這麼正的女生，任何身心健全的男生都會把持不住。」

「把持不住。」

「啊啊啊，」春見抱頭呻吟，「妳幹嘛重複啦。」

「抱歉。」

「所以……我對這方面並不清楚，而且什麼叫懂愛啊。」

「但是，你至少比我清楚。」

「清楚什麼？」

「就是……怎樣才知道自己喜不喜歡對方，我說的不是朋友之間，而是男女之間的喜歡。」

「……」

春見眨了一下眼睛，拿出昆布飯糰，默默打開包裝，一口咬掉一半，嚼一嚼吞下肚，然後喝一口綠茶，清了清喉嚨。

「自然而然就會知道。」

「自然而然？」

他大嘆一口氣，用低沉的嗓音噼哩啪拉講了一大串。

「妳會非常想見他，想念他的聲音，想念他的身影，無論他說什麼妳都想聽，希望他開心，不願看見他難過的表情。如果出現這些症狀，就代表墜入情網了。」

「……真的嗎？」

我下意識地反問道。春見抱著椅背反坐著，視線比平常低，所以是抬頭看著我。

「我的意思是，這樣跟崇拜有什麼不一樣？」

春見想了一下，補充說明道：「那再加兩項，會很想觸碰他的身體、感到無法自拔，就代表戀愛了。」

「…………我懂了。」我輕聲回答。

「遠野？」見春見露出疑惑的表情，我急忙拿起水壺喝了口茶，搖搖頭告訴他我沒事。

此地無銀三百兩。

心中一股情感彷彿就要破繭而出。

如果他說的沒錯，那麼，我喜歡的人就是春見。

不，不是，我對他只是崇拜。

——那再加兩項，會很想觸碰他的身體、感到無法自拔，就代表戀愛了。

「我去洗手。」故作鎮靜地說完後，我飛也似的逃出教室，留下一臉錯愕的春見。

我打開廁所水龍頭，淋濕雙手，看了一眼鏡中的自己，又馬上別過頭。

——怎麼辦。

雙手被水沖得冰涼。我伸出右手摸了摸臉頰，好燙。怎麼辦？我沒有特別想要觸碰春見，也沒有無法自拔的感覺，還沒有。咦？還沒有？如果真變成那樣，那麼很遺憾的，春見就是我第一個喜歡上的男生。很遺憾嗎？其實一點也不遺憾啊，可是……

我邊嘆氣邊喃喃自語。我怎麼那麼遲鈍？愛情都已來到眼前，我卻毫不自知。

「怎麼辦……」

深吸幾口氣後，情緒終於有冷靜下來的趨勢。回到舊音樂教室時，春見正吃著洋芋條。

我一語不發地回到位子上，一邊吃剩下一半的便當，一邊偷看春見的右手。修長的手指上是短短的指甲，因為連日幫殭屍上色的關係，上頭沾了些許褐色顏料。他將洋芋條送進嘴中，吮了一口拇指指腹。

「遠野。」

「什麼事。」

「妳如果有喜歡的人，一定要第一個告訴我喔。」

「……好。」

我將視線移開他的手指，看向窗外的秋季天空，然後埋頭吃起便當，默默祈禱自己不要臉紅。

我對他只是崇拜。

我在心中不斷說服自己。不知道為什麼，我好害怕自己喜歡上春見。偶爾一起吃午餐還可以，但一想到跟他有進一步的發展，就讓我感到畏懼。所以，我希望自己對他只是崇拜。

然而，會在心中掙扎至此的我，大概早已墜入情網。

＊＊＊

九月的最後一個星期六是校慶。至今我已徹底放棄，放棄說服自己對春見的感情只是「崇拜」。越是掙扎就陷得越深，現在的我，無時無刻都盯著他的手瞧，他觸摸什麼、拿起什麼、如何放下，我全都看在眼裡。那讓我感到困惑，感到羞恥，感到自己不再是自己，然後終於認清一件事——春見洋介，是我的初戀。

我決定把這個秘密埋藏在心底，不告訴任何人。

當然，也不會告訴春見。

因為如果告訴他的話，一切都會土崩瓦解。

校慶結束後的期中考期間，他依然會在午餐時間突然現身，且頻率有越來越高的趨勢，以前是一個月兩、三次，現在是一週一次，甚至一週兩次。天氣沒那麼熱了，再加上舊音樂教室會讓我想起上次尷尬的回憶，所以我經常換地方吃飯，有時是室外，有時是頂樓樓梯。然而無論我換到什麼地方，他總有辦法找到我，和我聊天說笑，又或是在一旁午睡。

我們之間是如此的平和，自在而幸福。

這樣就夠了。

如果被他知道我的心意，我們恐怕就不能維持朋友關係了。我可能會變得跟從前一樣畏首畏尾，而他肯定會覺得我很煩。聽班上的女生說，春見跟前女友分手後，已經有兩個女生向他告白，但都被他以現在不想交女友為由拒絕了——雖說班上同學不會特別來跟我說小道消息，這個傳聞我也是東一塊西一塊拼湊來的，可信度有待質疑，但無論如何，我根本沒有告白的勇氣。若被春見拒絕，我絕不可能繼續若無其事地跟他吃午餐。

所以，我總是盡力在他面前扮演一如往常的自己，暗自祈禱我與他之間永不生變，這份情感千萬不要曝光。

「詩詩，最近學校還好嗎？」

入冬後，奶奶依舊一天有一半以上的時間在睡覺。每每看到我時，她總會問我學校的事。

「快放寒假了。」

我坐在床邊的地上說道。不知從何時開始，和奶奶聊天不再是件痛苦的事，現在她已很少給我星星，即便給了，如今的我也有願可許。

我希望和春見維持現在的關係。

「那妳可就無聊了。」

奶奶宛如在說夢話一般呢喃道。我轉過頭，望向她微微睜開的慈祥眼眸。

「怎麼說？」

「因為妳最近在學校似乎過得很開心。」

「……是嗎？」

奶奶含笑閉上雙眼。端詳她的臉龐一陣後，我再次坐回地上，看向窗外細長的枯樹。

——看天空吧，天空。

我微微一笑，伸手拿來金平糖的罐子，拿出白色和桃色的糖果放入嘴中，仔細品嚐溶於舌尖的甜味。

——希望我們能夠相安無事。

我向星星許願，希望能將這份淡淡的情愫封存在心底，永不被人發現。

＊＊＊

春假，我的世界開始天旋地轉。

一天中午過後，我坐在床上看書，被突然響起的手機鈴聲嚇了一跳。這臺白色折疊機我從國中就開始用了，但幾乎沒人打給我，我也不曾打給誰。除了偶爾收收國中同學的簡訊，以及學校的群組簡訊，就只有持有全班通訊錄的高中女班長會打來。其實她也就打過那麼一次，而且還是為了聯絡校慶的事情。我不喜歡傳簡訊，也不喜歡講電話，一個國中同學曾說我這叫「生不逢時」。

「……」

我爬下床，從包包取出手機，鈴聲不斷響著，螢幕上顯示一支〇九〇開頭的陌生電話。我凝視手機螢幕約五秒鐘，正躊躇要不要接起時，鈴聲戛然而止。「應該是打錯電話了吧。」才鬆了一口氣，同一支電話又再度打來，嚇得我差點將手機摔到地上。

「——喂……？」

大約響了五聲後，我鼓起勇氣接起電話。接陌生人的電話很可怕，但放著電話一直響也很可怕。

「——遠野？」

我倒吸了一口氣，是春見的聲音。

「喂？」

「對，是我。」

「我是春見。抱歉突然打給妳，我跟班長要了妳的電話。」

我無力地跌坐在地上，往窗戶方向看去，遠方的天空有一道長長的飛機雲。低頭摸了摸地板，看來，我不是在作夢。

「沒關係。」

我得保持冷靜，不過就是朋友突然打了通電話來，別想太多。

「怎麼了？」

「嗯……」

反倒是春見有些怪怪的，感覺沒什麼精神，聲音也比平常沙啞低沉。是因為在電話裡的關係嗎？我不知道。

所以我才不喜歡講電話，因為看不到對方的表情，很容易就疑神疑鬼，想東想西。

「春見？」

「我今天不用練社團。」他沒頭沒尾地說道。

「嗯？」

「所以……有件事想拜託妳。」

「我？」我有些驚訝。

「對，妳有空嗎？」

「今天嗎？」

「能出來見個面嗎？」

這句話讓我好一陣子無法呼吸。跟春見見面？而且還是在假日？

「不行嗎？」

他像是在自言自語。頓時，那個胸口緊縮的感覺又來了，我閉起眼睛，有些呼吸困難。

「可以，我隨時都可以出去。」

「太好了。」春見吐了一口氣，發自內心地說道。我不知該如何反應，只好沉默不語。心撲通撲通地狂跳，我好害怕自己的心跳被電話另一頭的春見聽到，手指因而顫抖不已。

「……那我們四點在校門口見，不會進去學校，所以不用穿制服。」

我輕輕點頭，又突然意識到自己是在講電話，趕緊補了一句「好」。

「那待會見。」

春見掛斷電話後，我花了好長一段時間才把手機闔上，緊緊握在手中。一邊深呼吸，一邊反芻剛才與春見的對話。

他說他今天不用練社團，有事情要拜託我，叫我到校門口與他碰面，不用穿制服。

這是春見第一次打電話給我，也是第一次要我幫忙，至於內容是什麼，我完全無法想像。既然他特意跟班長要我的電話，就代表這件事非我不可。

想到這裡，我不禁喉嚨發熱，一股喜悅湧上心頭的同時，卻又有點擔心。我能把他交代的事情做好嗎？如果做不好怎麼辦……

牆上的時鐘指向三點，就算慢慢來，還有四、五十分鐘可以準備……我得換衣服，但春見叫我不用穿制服，那我要穿什麼？

「……」

我放下手機，閉上眼睛，低頭抱著膝蓋。別想太多了，我只想和春見維持現狀，即便是單相思，也不一定要修成正果。

於是，我和平常一樣換上了水手服。春見只說不用穿制服，但沒說不能穿制服。與其穿便服而心神不寧，倒不如穿制服比較安心。

我將錢包、書，和不常帶在身上的手機放入包包，迅速完成出門前的準備。待在家裡反而會胡思亂想，所以還不到三點半，我就跟媽媽說要去學校圖書室還書，穿上皮鞋出門了。

上一次像這樣與人相約，已經是好久以前了。

＊＊＊

下公車時才三點四十六分，走了五分鐘到校門口，我吃了一驚，春見竟然已經在那裡等我了，我還以為我會比他早到。

走到他面前後，春見看著我呢喃道：「妳穿制服啊。」

他穿著深藍色素面連帽外套和墨綠色長褲，看起來比平常更高、更成熟。

「對不起。」我低頭道歉。

「不用道歉啦，都怪我突然把妳約出來。」

我抬頭看向春見，總覺得他和電話裡一樣，無論是說話方式、表情、動作都顯得有些失常。我的心也跟著七上八下，惴惴不安。

「你要拜託我什麼事……？」

他露出淡淡的微笑。

「我們先去河堤走走吧，那邊的櫻花雖然還沒盛開，但已經開得很漂亮了。」

櫻花——我點點頭。他飄飄然往反方向走去，我則跟在他的稍後方。

河堤離學校約五分鐘的路程，因道路兩邊種滿了櫻花樹，算是小有名氣的春天賞花景點。但礙於和我家是反方向，我很少有機會踏足這裡。我們學校的社團經常到河堤練習，所以在這裡常能看到運動社團練跑，又或是播音社做發聲練習。今天是社團休息的日子，路上穿制服的只有我一個。河堤旁洋溢著歡樂的氣氛，處處可見提早來賞花的情侶，又或是攜家帶眷的民眾。

正如春見所說，這裡的櫻花尚未盛開。但他不知道的是，其實我更喜歡盛開前的櫻花，因為盛開後的櫻花唯有凋謝一途。這也是我不喜歡滿月的原因，因為月圓之後就只有月缺。

始終不發一語的春見，突然在漫天飛舞的花瓣中停下腳步，深吸了一口氣。我一直觀察他，等著他開口。這時，他和我四目相接。

「妳春假都在幹嘛？」

我平靜地看著他，暑假在超市偶遇時，他也問了我類似的問題。然而思考一陣後，我仍想不出別的答案。

「寫作業、看書……啊，還有，」我突然想到，「我看了你之前說的《大象》。」

《大象》是春見在放假前介紹給我的電影。他說，因這部電影與他家的狗同名，才特地去租DVD來看，雖說是悲劇，卻也是部不可多得的好電影。該片是以美國俄勒岡州校園槍擊案為主題，看完後我去找奶奶，結果奶奶給了我幾顆星星。

春見微微睜開雙眼，隨即又低下頭，發出嘆息般的輕笑聲。這實在太不像他了，我忍不住窺伺他的臉龐問道：「發生什麼事了嗎？」

「嗯？」

「總覺得你今天和平常不太一樣。」

我說得很有信心，但春見沒有回話，只是一味注視著我，過了一會又繼續往前走，他走得很快，步伐又大，導致我必須小跑步才能跟上。我們穿過有長椅的人多區段，直到走到櫻花樹的盡頭，一片人煙稀少的寂寥之地，春見才終於停下腳步轉過頭來。

「遠野，妳有喜歡的人了嗎？」

「咦？」

面對他一針見血的問題，我倒抽了一口氣。

自從舊音樂教室那次之後，我們就沒有再聊到這個話題。一方面是我覺得春見大概不想聊這個，一方面是因為我發現自己喜歡春見，所以不想哪壺不開提哪壺。

「——還、還沒有。」

他雙手插在外套口袋中，眼神直直瞅著我。我像個說謊被拆穿的孩子，趕緊低下頭又說一次：「……真的沒有。」

「真的？」

「嗯。」

我勉強點了點頭。怎麼辦，我好想哭……這是為什麼？是因為不得不在心愛的人面前撒這種謊的關係嗎？

吸了一口氣，我忍住眼淚，閉上眼睛片刻後，抬起頭來。

「怎麼突然問起這個……？」

春見俯身，先是用右手將頭髮搔得亂七八糟，然後向我走來。我愣在原地，彷彿被附身似的，一動也不動地站著，無法將視線從他嚴肅的臉龐上移開。

「因為我喜歡妳。」

他說。

「遠野，因為我喜歡妳。我一直很掙扎要不要跟妳告白，但我已經無法自拔了，所以我一定要說。」

他喘了一口氣，雙眼迷濛地看著我。

「如果妳還沒有喜歡的人，請把妳的初戀交給我。」

＊＊＊

「……」

腦中一片空白。

他說的一字一句我都聽在耳裡，卻又怕是自己會錯意。

——因為我喜歡妳。

我倆陷入一片寂靜，春見沉默，我也不語。不知道過了幾秒鐘還是幾分鐘，春見別過臉看向河邊。「啊啊啊」，他一邊呻吟，一邊用右手將頭髮亂搔一氣。我這才意識到自己忘了呼吸，趕緊吸了口氣。

「說話啊，遠野。」

「……」

我張開嘴，卻沒有聲音。見我咬著唇的模樣，春見歪頭露出苦笑。

「妳真的好遲鈍。」

「遲、遲鈍……？」

「如果不是因為喜歡妳，我怎麼可能三不五時就去找妳吃飯。」

「因為，」我用沙啞的聲音說道。不知道為什麼，我就是想反駁他，「因為，春見你……跟大家……」

「跟大家？」

「因為……」

我用左手摀住嘴巴，再也說不下去——我這才意識到，就在剛剛，我喜歡的人說他喜歡我。——我喜歡的人說他喜歡我。

眼眶一陣濕熱。

「妳哭什麼？」

「……」

我搖搖頭，連忙別過臉。我從小即使想哭也哭不出來，卻在春見面前連哭了兩次，就連我自己都不知道這是怎麼回事。

我深吸一口氣，閉上雙眼，擦了擦眼淚後，看向春見。

「我剛對你說謊了。」

「什麼謊？」

「我說我沒有喜歡的人。」

「……所以妳有喜歡的人？是誰？」

「……你。」

他嚇得往後仰。咦了一聲，直盯著我的臉瞧。

「真的假的？」我咬著唇點點頭。

春見先是愣了一陣，隨後露出開心的笑容。見到他一如往常的開朗表情，我突然有些害羞。

「但是，我不會。」

「不會什麼？」

「我本來打算就這麼單相思下去，所以，對那方面完全一竅不通。」

「那方面？你是說和我交往嗎？」

春見看著我哈哈大笑。

「瞎操心耶，走，我們去那邊坐。」

他指向一座小斜坡。我因忘了帶手帕而有些猶豫，但最後還是乖乖坐下。春見走到我的右方，緊貼著我坐了下來，那讓我感到天旋地轉。

「——等、等一下。」

「不要，把手給我。」

「不行，手不能給你，等一下，那個……」

「遠野？」

見我不斷抗拒他的靠近，春見低聲喊道。我隨即縮起脖子，像個做錯事的小孩。

「我一直很擔心告白會失敗，但我一直鼓勵自己，如果成功後就能牽妳的手，這才鼓起勇氣告白。妳就配合一下嘛。」

「春、春見也會擔心失敗？」

問這句話時，我整個人呈現左手撐著地板傾向左側的姿勢。沒想到春見也會沒有自信，真令人意外。被我這麼一問，他先是愣了一下。

「那當然，因為遠野妳最近很奇怪。」

「奇怪？」

「嗯……妳的態度很奇怪，感覺比以前更難親近。妳一開始雖然也很難親近，但也慢慢對我卸下了心防，可是到校慶結束後，又突然把我拒於門外。」

「……」

那是因為我在刻意隱藏對他的感情——我知道為什麼，卻沒有宣之於口。見我稍有鬆懈，春見趁虛而入，用他的左手握住了我的右手。那是一雙濕潤的大手，剎那間我屏住了呼吸，不知道是他的手太熱，還是我的手太冷。

他將臉湊過來，凝視著我的眼眸，額頭近到幾乎要與我撞在一起。他微微瞇起雙眼，濕潤的焦褐色瞳孔中，透露出孤獨與寂寞。

「……大大死了。」

他輕聲呢喃道。「咦……」我眨了眨眼。大大，大象，春見最疼愛的老狗。我想起春見時常給我看的一張照片，照片中的大大有著可可亞般的毛色。那一瞬間，我忘了春見正牽著我的手。

「什麼時候的事……？」

「前天。……喔不，是昨天凌晨，四點左右。這陣子牠一直在睡覺，應該是年紀到了吧，看起來也沒什麼異狀。但是，前天晚上我帶牠去散步時，牠的狀況突然變得很不好。我馬上帶牠回家，但牠看起來還是很痛苦，連站起來的力氣都沒有。那天已經很晚了，我一直抱著牠，本想早上醫院一開門就衝去看醫生，可是還沒天亮，牠就斷氣了。」

春見用沙啞的聲音說道。我默默注視著他的雙眼，彷彿就要被吸入其中。

「大大就這麼死在我的腿上。我一整夜沒睡，八點直接去練社團，結果練到一半就昏倒了。」

「昏倒了？」我驚呼道。

「對。」他苦笑，溫熱的氣息噴在我的唇間。「大概是因為我從沒睡眠不足過吧，睡太多倒是常有的事。醒來後，不知前因後果的教練大發雷霆，還把我提早趕回家。家裡的氣氛簡直糟透了，我奶奶跟我妹都在哭，我又因為身體不舒服而暈頭轉向的。躺在床上翻來覆去睡不著，然後就……好想見妳。」

聽到這裡我倒抽了一口氣，沒想到他會提到我。

「我想見妳，在只有我們兩個人的地方，和妳一起吃午餐，跟妳說大大的事。但一想到現在在放春假，要一個星期後才能見到妳，我就再也忍不住了。」

——妳會非常想見他，想念他的聲音，想念他的身影，無論他說什麼妳都想聽，希望他開心，不願看見他難過的表情。如果出現這些症狀，就代表墜入情網了。

還真的是這樣耶。

我不願春見悲傷難過，希望他能在我面前露出燦爛的笑容，不願他露出寂寞的眼神。

「我能為你做什麼嗎？」

「……讓我抱一下。」

我低頭躲避他的視線，映入眼簾的，是我們雙雙緊握的手。光是牽手就讓我臉紅心跳，擁抱還得了？——但是……

——有件事想拜託妳。

——不行嗎？

我想起他在電話裡的沙啞嗓音，猶豫約三秒後，還是點了點頭。春見放開我的手，來到我的身後。我抱膝縮起身子，宛如在等待美夢成真一般閉起雙眼。貼上我的背後，春見突然抖著身子笑了起來。

「妳太緊張了。」

「才、沒有。」

「把腿伸直，靠近我一點，像在坐沙發那樣。」

——沙發沒有這麼溫暖，也不會在我耳邊呢喃。但抱怨歸抱怨，我還是乖乖伸直了雙腳。春見的右手環上了我的腰，那讓我心中小鹿亂撞，暈頭轉向，彷彿就要昏厥過去。

「遠野。」

「……嗯。」

「我之所以去美國，其實不是因為什麼冠冕堂皇的理由，只是想要離開這座小鎮罷了。我們家親戚很多，熱鬧是熱鬧，有時候也挺煩人的，所以爸媽才打算在叛逆期送我去留學。我媽媽的兒時玩伴嫁到美國，定居在洛杉磯，他們家正好有個跟我年紀相仿的兒子，我跟她兒子之前也見過兩、三次面。反正我也挺喜歡美國的電影跟音樂，去見見世面也不錯。」

「嗯。」我點點頭。雖然被他抱在懷裡令人緊張，但這樣聽他說話的感覺真的很好，他所說的字字句句無一不落入我的耳根深處，我能感受他的鼻息，彷彿連心跳聲都能聽見。

「留學生活超開心的。我跟我媽媽朋友的兒子李變成好朋友，狼狽為奸幹了無數件蠢事。他還教會我衝浪，後來我一有時間就往海邊跑。」

我以前就聽過「李」這個名字，春見在聊到美國生活時，總會提到他。

「大致上都很快樂，除了英文。妳也知道我不太會念書，一開始根本聽不懂別人在說什麼，簡直是雞同鴨講，還因此吃盡了苦頭。每次心情不好時，我就會一個人坐公車到海邊去，坐在一望無際的沙灘上，眺望海浪與遠方的地平線。有時候我一坐就是兩個小時，直到夕陽西沉才搭公車回家。我知道這樣無濟於事，但遠離塵囂能讓我心裡好過一些──和遠野妳在一起也有一樣的效果。」

感覺到我全身僵硬，他摟著我的腰的手又用力了一些。

「——真的嗎？」

「真的，不知道為什麼，只要跟妳在一起，我的心情就很平靜。——一開始我只覺得妳是班上的異類，一年C班大家感情都很好，只有妳顯得格格不入。雖說大家也沒有排擠妳，但妳的表情告訴我，妳的心根本不在班上。」

「我只是不擅長融入團體生活罷了。」

他抖著身子笑了。

「那只是表面看起來，實際上並非如此。不擅長融入班上的人，應該會花更多心思突破現狀才對，像是觀察周遭人的舉動，設法和大家成為朋友。但遠野卻沒有這麼做，妳的注意力從來不在別人身上，不是盯著書看，就是用飄渺的神情看向窗邊。我一直很在意妳在看什麼，有一次還忍不住問了妳，妳記得嗎？」

怎麼可能忘記。

「我說窗戶，然後你就叫我看天空。」

「對。我起初對妳並沒有特別的感覺。——不，也許我早就喜歡上妳，只是沒發現罷了。一開始之所以常常去煩妳，只是想幫助妳融入班上，但中途卻不小心愛上了妳，無時無刻都好想見妳、跟妳說話。」

我的臉頰悄然浮上兩朵紅雲，還好這個角度春見看不到。

「但是，我不確定妳的心意，說實在話，我也不知道自己想不想跟妳交往。畢竟如果我們真的在一起，可能會引來一些麻煩。能一起吃午餐我就很高興了，我好害怕……會破壞這份關係。」

我點點頭，他的反應跟我一模一樣，當初我也是這麼想的。

「但是昨天……我真的好想見妳，跟妳說大大的事。但這些事情只有男女朋友才能做到，所以……遠野？」

我轉過頭來仰望著他。為什麼在這個人面前，我總是管不住自己的眼淚呢。

「無論……」

「嗯？」

「無論是昨天還是任何時候，只要你需要我，我都會立刻趕去你的身邊。對不起……在你那麼痛苦的時候，我卻沒有陪著你。」

我邊哭邊說道。他對著我微笑，就像那天在停車場一樣，眼神淨是溫柔。

「只要妳今後一直陪在我身邊，就足夠了。」

我點點頭。春見收緊雙臂，緊緊地抱住我，力道大得我幾乎無法呼吸。見我緊張得縮起脖子，他放鬆力道，輕聲在我耳邊呢喃。

「……我好慶幸自己有跟妳告白。」

之後我們就保持這個姿勢，天南地北地聊天。

聊我借他的書，聊他推薦給我的電影，聊大大小時候，也就是春見小學時的事。在春見的要求下，我也與他分享了我的過去——幼稚園時，一個小男生用樹枝把我做的沙堡弄得亂七八糟，從那之後我就變得很怕男生。春見聽完哈哈大笑，真不懂這有什麼好笑的。

直到夕陽西沉，我們才依依不捨地起身。我因坐太久而有些貧血，在春見的攙扶下才站穩。

我們牽著彼此的手，一起走去搭公車，一路上不斷對視而笑。

我飄飄然地看著道路兩旁尚未盛開的櫻花樹。無論天荒地老、海枯石爛，我都不會忘記這天春見對我說的話，他的嗓音、體溫、表情都將留在我的心中，永不消失。春見說的沒錯，人在墜入情網時，自然而然就會知道。我們一定會一直這麼幸福下去，持續到永遠。

也許大大已然長眠，櫻花終至凋謝，這個世界總有一天也會灰飛煙滅。

但是，我們的愛將永遠存在，絕對絕對不會消失。

3 迴盪不已

升上二年級後，因為我與春見都要考私立大學的第一類組，所以再次被分到同一班。雖說這是預料中的事，但分班結果出來後，我們還是去合作社買來四支冰棒，辦了一場只屬於我們兩人的慶祝會（可想而知，我四種口味都只各吃了一口，剩下的全進了春見的肚子）。

春假結束後的五月，我們交往的事傳遍了整間學校，也因此引來春見的美女前女友——高野學姐與她朋友的不滿，有一陣子她們甚至常來找我麻煩。但進入夏天後，三年級開始準備大考，我的身邊很快就恢復以往的平靜。同學們聽到我們交往的消息，雖然大吃一驚，卻也欣然接受，我想，這都得歸功於春見的好人品。野崎和女朋友宮城也要考私立大學的第一類組，我因此和他們熟稔了起來。

有了少數幾個說話對象，我每天都忙得暈頭轉向，沉浸在幸福之中。

春見為了籃球社的事簡直忙壞了，除了週三和每月第三個週日，幾乎每天都要練習。我們除了會在午休時間、星期三放學後見面，我執勤的日子他也會到圖書室陪我。我們兩個都喜歡看著對方的眼睛、牽著對方的手說話，所以很少傳簡訊，也不太講電話。

我從高二暑假開始補習，放寒假後，春見也加入同一家補習班。我和春見都想考東京的大學，第一志願還是同校不同系，再加上那間學校並不好考，所以都拚了命地準備考試。他教我英文，我教他怎麼背日本史，午休時間自是不在話下，就連假日也經常一起用功。前一陣子，我終於鼓起勇氣到夢寐以求的連鎖餐廳念書，無奈還是沒辦法靜下心來，最後只好轉移陣地到春見家。第一次去他家前，我緊張到魂不守舍，還因此被春見取笑。後來才發現我的緊張是多餘的，他和祖父母、父母、一個姐姐再加上一對弟妹同住，大家人都很好，家庭生活快樂而和諧。春見房間的牆上貼了好幾張洛杉磯海邊的畫，以及留學時和李的合照。每次去他家，我們都會在房裡念上好幾個小時的書，我偶爾還會留在他家吃晚飯，全心準備考試。

我的世界就這麼轉呀，轉呀。

從和他漫步櫻花樹下的那一天起，我的生活就彷彿從草皮上滾落一般，倏忽即逝。

高二的冬天，奶奶在過年前住進醫院，不到一個月就過世了。

奶奶過世後，我去了春見家一趟，在床上依偎著他哭泣。他將我整個人擁進懷中，摸我的頭髮安慰我，吻我，一直陪在我身邊。

升上三年級後我們依然同班。六月，高中籃球區域賽開打，春見以隊長的身分帶領本校籃球隊第一次打入縣賽。然而，卻在首場比賽就慘遭淘汰。隨著比賽的哨聲響起，春見高中生活的重心也跟著結束了。

老師常說「高三夏天是大考的致勝關鍵」——很快地，我們即將面臨高中生活中最重要的暑假。

春見私底下告訴我，他可能無法參加補習班的暑期集訓。

＊＊＊

「——為什麼？」

我眨眼問道。午休時間，我們相約在花圃旁的樓梯，看他買PAPICO過來，我就猜到他大概有事要跟我說。

「因為我要去見一個想見的人。」

春見低下頭說。我坐在他旁邊，凝視著他的側臉。

「去哪？」

「洛杉磯。」

「……是因為李之前寄來的那封信嗎？」

之前週末去春見家時，他正好收到李寄來的越洋信。春見迫不及待地將信拆開，然而讀著讀著，他卻突然垮下臉來，看完信後還緊緊地抱住了我，所以我知道那封信一定是壞消息。

——要陪你說說話嗎？

——之後再跟妳說。

對話到此結束。那時我就知道，春見已默默下定決心，暗中策劃著什麼事情。

他抬起臉來點點頭。

「以前在洛杉磯留學時，一個叫做艾瑞克的大叔很照顧我和李，他經常在海邊作畫。我房間裡不是貼了好幾張畫嗎？」

「你是說海邊的畫嗎？有夕陽跟衝浪的那些？」

「對，那些就是他畫的。我們是因為我跟他買畫而認識的，他覺得自己跟我很投緣，時常來找我聊天。有一次，他邀請我跟李去他家玩，他家不是什麼豪宅，但很酷。他還做飯招待我們，與我們分享一大堆趣事，說自己以前是個滯銷歌手，現在則是個滯銷畫家。他們家到處堆滿唱片、吉他、畫具，淨是些莫名其妙的東西。那次以後，我就成了他家的常客。」

我將冰沙吸入口中，等待融化後的香甜滋味。金平糖、冰沙，看來我很喜歡不用咬就會自己溶化的東西。

「李在信裡說，艾瑞克得了絕症，醫生說他頂多只能活到今年。我之後還要考試，只能趁暑假去看他了。」

「嗯。」

「我爸媽說，只要我期末考日本史考九十分以上就可以去。然後，剛才考卷不是發回來了嗎？」

「能去嗎？」

「我第一次……」春見微微一笑，「考了九十二分，勉強過關。」

「你要去幾天？」

「五天左右吧。」

「好。……有什麼要我幫忙的嗎？」

「回國後，把集訓的講義借我影印。」

「我不是在說這個。」

我將PAPICO的空包裝丟進塑膠袋中，沉默了數秒。這時，春見突然緊緊握住我的右手，他的手掌和平常一樣，大而溫暖。

「等我回來。」

春見低聲道。我吸了一口氣，點點頭。

「……有機會跟我一起去吧，我想帶妳去好多地方，李也說想見見妳。」

「好啊，我也想去。」

「我老姐現在靠自己打工的薪水，到處出國旅行，像是美國啦、臺灣啦、義大利啦。我們上大學後，也打工存錢出國玩吧。」

「你想找什麼樣的打工？」

「還沒想好耶，應該是燒肉店吧，因為可以燒肉吃到飽。」

我們靠著臉笑了。今天他的笑容少了一份快樂，看著自己心愛的人難過，是多麼哀傷的一件事啊。如果我可以一起去就好了，不是有機會再去，而是這個夏天就跟春見一起出發，在他難過的時候緊緊抱住他。

我們就這麼依偎著彼此，直到鐘聲響起才分開。走近校舍時，我們很有默契地放開彼此的手。這是我們在人多的地方的例行動作，但今天他的背影，卻讓我有些落寞。

「春見。」

「嗯？」他轉過頭來。

「確定哪天出發要跟我說喔，我想去送行。」

他笑著走向我，大手往我頭上一放。

「我好高興，可是妳要補習不是嗎？」

「不要緊的。」

「……謝謝。」

說完，春見再度牽起我的手，一起走到換鞋的地方。暑假前的學校令人格外心神不寧，我站在走廊上往操場看去，只見塵埃飛揚、不知什麼時候畫好的白線、司令臺、夏季的蔚藍天空。

偶爾我也會感到害怕，如此幸福的高中生活，竟也不知不覺走到了盡頭。隨著大考的腳步越來越近，生活倏忽而逝，時間也變得越來越珍貴。之後的日子，我將在背書和小考中度過，喜憂參半地被送進考場，面臨正式的入學考試。結束後，無論結果如何，這間學校都不再有我的容身之地。

「詩織，妳怎麼了？」

春見的聲音把我從思緒中喚回現實，我回頭看向他。

「你會不會想一直當高中生？」

他笑著搖搖頭。

「我因為留學的關係，已經是個留級生了。我們還那麼年輕，就應該趕快畢業，到喜歡的地方與喜歡的人一起生活。」

我瞇起眼凝視著他，眼前的人依然活得如此自在，堅強而耀眼。

「走囉。」他向我喊道，我趕緊趨步向前。

別擔心，春見就是我的容身之地。

＊＊＊

七月二十九日是春見啟程的日子。那天我們起了個大早，坐了好久的電車才到達成田機場。下午五點多的飛機，我們提早四小時就到了。第一次到國際機場，我的心情有些緊張。機場裡幾乎都是拖著大型行李的外國人，讓人有置身國外的錯覺。他們不是跟春見差不多高，就是比春見更高大魁梧，金髮碧眼，無論男女都穿著T恤和短褲，身上散發出香水味。

春見的行李只有一個社團用的稍大運動提包。

「李家什麼都有，我還嫌這個包太大了呢，但礙於要帶書去讀，也只能帶它了。」

他說著說著便笑了。我出門很容易不小心帶太多東西，所以很羨慕他這種簡潔的個性。

我們先去餐廳吃飯，到星巴克買飲料，然後坐在窗邊的沙發上看飛機。

「機場真是個好地方，這裡只有即將遠行的人和遠行歸來的人。」

「還有像我這種來送機的啊。」

「哪種人最寂寞呢？」

我看向浮在空中的飛機雲。來到機場後，春見便不時說出令人難過的話。

「我們交往以後，好像還沒有五天沒見面過對吧？」

「是呀。」

「仔細想想也真誇張，我們竟然這麼常黏在一起。」

老早就把冰咖啡喝光的他，將白色的吸管紙套捲在手指上玩。然後突然拿起我的右手，將紙套捲在我的無名指上。

「你在做什麼？」

「妳覺得我在做什麼？」他低著頭反問道。

「惡作劇。」

春見被我的回答惹得哈哈大笑。他忍住笑意，將吸管紙套塞進口袋，像在確認什麼似的盯著我瞧，一副惡作劇成功的表情。見我歪著頭一臉困惑，春見急忙笑著別過頭。

「如果妳能跟我去就好了。」

「別再說了，我也很想去。」

「我會買禮物回來給妳的，放心，不是奧斯卡小金人那種無謂的東西。」

「奧斯卡小金人也挺好的啊。」

「我已經想好要買什麼了，為了感謝妳至今對我的付出，是份大禮唷。」

「為了感謝你今後對我的關照，我會幫你印好多好多的補習班講義唷。」

他靠在我身上笑了。

「那就拜託妳囉，我在飛機上會好好念書的，到那邊也會。」

見春見起身，我知道時間差不多了。看著他的背影，我不由得悲從中來。這時，他在眾目睽睽之下用大手牽起我的左手，我不禁有些難為情。

「不用害羞，國際機場也算半個國外啊。」他看透了我的心思，「洛杉磯的海邊更誇張喔，李跟艾咪光是走在路上都很鹹濕，大方調情，完全不管我就在旁邊。」

「好像在演電影喔。」

春見笑著點點頭，隨後停下腳步，拿出口袋中的機票，瞥了一眼出境關口。沒有機票的我，就只能送到這裡了。

「妳一個人回得去嗎？」他打趣地問。

「嗯。」我微笑。

一個人走在那麼大的機場，面對那麼多的人，還要搭那麼遠的電車，說不怕是騙人的。但畢竟我也高三了，這點事情難不倒我。

「謝謝妳陪我來。」

「不會，我也很高興能來送你。」

我們四目交接，我仰望著他，他俯視著我。一想到要被一個人留在這裡，我不由得熱淚盈眶。春見很快就發現我的眼淚，溫柔地對我笑了笑。

「等我回來。」

「……我會等你回來的，你自己保重喔。」

「嗯，我會用英文打電話給妳，妳也要用英文回我喔。」

我破涕為笑。雖說是淚中帶笑，但至少我笑出來了。

「掰掰。」

春見低聲道，我用力點了點頭。他轉頭走沒幾步，又突然轉了回來，用沒有提包包的左手將我擁進懷中。我被這突如其來的舉動嚇了一跳，不由得全身僵硬。他用力抱了我一下後才鬆開手。

「……我走囉。」

春見輕聲說完露出靦腆的笑容，往出境關口走去。入關後，他轉身向我舉手示意，我也茫然地向他揮了揮手。

之後——春見便消失在我的視線中。

我用手捂著額頭，閉上雙眼片刻，才依依不捨地轉身離開。不過短短五天而已，下週就能見面了，用不著那麼難過吧。我不斷閃避陌生的人群，在這廣大的建築物中失魂落魄地走著。剛才我與春見並肩而坐的沙發，此時已被兩個拿著旅遊書有說有笑的女生所占據。

剎那間我有種走投無路的感覺，覺得自己在這裡是個異類。

——這裡只有即將遠行的人和遠行歸來的人。

我拿緊托特包，加快腳步往車站走去。結伴而來，獨自而歸。此時此刻，機場中最孤單寂寞的，非我莫屬。

＊＊＊

春見走的隔天就是補習班的暑期集訓。直到四天後的早晨，我才真正意識到男友不在身邊。

結束三天兩夜的集訓後，晚上回到家早已筋疲力盡，累得倒頭就睡。早上睜開眼睛，看見家中的天花板，才恍然大悟集訓已經結束了。起床打開窗簾，眺望萬里無雲的天空，突然想到春見還在美國。我回家了，但他還沒回來。

客廳裡空無一人，爸媽都去工作了。奶奶去世後，媽媽就開始到便當店打工，每天忙到傍晚才回來。我一邊吃著媽媽幫我準備的圓麵包和生菜沙拉，一邊心想，九點了，集訓要開始上第一節課了。真不可思議，昨天的這個時候，我還在和一群陌生人一起念書呢。人其實沒有自己想像得那麼脆弱，即使被帶到陌生的地方，也總有辦法活下去。

即便到哪都能活下去，但我還是想要留在這裡，待在喜歡的人的身邊。

吃完早餐，我回到自己房間，動手整理集訓期間拿到的一大堆講義，打算等傍晚天氣轉涼後再拿到便利商店影印。在那之前我得念書，畢竟考生唯一的工作就是念書。

——十一點多，家裡電話響了。

那時我已將講義整理好，在重解集訓小考時寫錯的數學題目。因朋友通常都是打我的手機，所以我並沒有去接。電話響了好久好久，好不容易掛斷後，又立刻響了起來。我輕嘆了一口氣，放下筆往電話走去。

「遠野家您好。」

「喂？」

電話中傳來帶點口音的年輕男聲，來電顯示是一串未曾見過的號碼，應該不是日本的電話。

「李？」

我的直覺告訴我是他。春見曾跟我說過，李會講英日雙語。

「……詩織？」

聽到他小聲地回問，我不禁微微一笑。

「對，我是詩織，你好。」

大概是因為春見經常跟我提起他的緣故吧，明明是第一次跟他說話，我卻一點都不緊張。李在電話另一頭短促地吸了口氣。

「妳現在身邊有人嗎？」他的口氣像是在自言自語。

「……？沒有耶。」

我匪夷所思地回答。怪了，我還以為他會是更開朗的人。

「Oh, God!」（噢，天啊。）

李突然改說英文，電話裡的聲音聽起來有點遠。

——What should I do? She's not with anyone. Should I tell her now?（我該怎麼辦？她說她現在身邊沒有人，我該告訴她嗎？）

他說得很快，但我還是聽懂了一些。因為成天準備大考的關係，我反射性地將這句話在腦中翻譯成日文。

怎麼了？

手臂頓時起滿了雞皮疙瘩。

李幾乎是用吼的，可見事態相當嚴重。我緊緊握住話筒，因為如果不那樣做，話筒一定會摔在地上。

——等我回來。

我的腦中浮現春見當時的表情，四天前，他還在機場將我擁進懷中。不過短短的四天，怎麼可能會有什麼變故，怎麼可能——

「李?李?」

我努力發出聲音。李的英文越說越快,快到我已聽不懂他在說什麼。好遠——我這才意識到,春見離我好遠,我也離他好遠好遠。

喉嚨深處不斷顫抖著,我著急地大吼:「發生什麼事了?春見發生什麼事了!李……」

「詩織?」李再度接起了電話。

我低下頭,想聽又不敢聽,想知道又不敢知道——

「春、春見呢?」

「詩織,抱歉。」

「春見呢?叫春見來聽……」

「我辦不到,詩織。」

眼淚就這麼濕了臉頰,我咬著唇,什麼話都說不出來。

「洋介他死了,在海邊溺死了。」

＊＊＊

媽媽找到我時已是晚上七點,她下班回來三小時後。

打開房間的燈,她驚呼了一聲。

「詩織，妳在家怎麼不應我一聲呢？而且妳為什麼在奶奶房間？」

我待在奶奶只剩下床墊的床上，轉頭看向門口的媽媽。

「看妳房間沒人我還以為妳出去了，但妳手機沒帶出去，包包也在家裡——妳怎麼了？在哭嗎？」

我搖搖晃晃地起身。媽媽看到我的臉，提高嗓門問道。

「我沒事。」

我回答。

「怎麼會沒事？妳平常很少哭的，今天眼睛怎麼那麼腫？怎麼啦？念書壓力太大嗎？」

我搖搖頭，感覺頭痛欲裂。眼前的這個人每次都搞不清楚狀況，我之所以不敢隨便在人前哭，大概就是她害的。

「真的沒事。」

我沙啞道。媽媽向我走近了幾步。

「還死鴨子嘴硬，是因為課業壓力，還是跟朋友吵架？」

——要我……

要我怎麼說？爸媽根本不知道春見的事，他們不知道春見是我喜歡的人，是我最深愛的人。媽媽一直以為我害怕男生，所以從沒想過我會交男朋友。我的確害怕男生，也不只害怕男生，但我還是墜入了情網，因為對方是春見，除了愛上他我別無選擇。我跟春見認識快兩年了，媽媽卻渾然不知，我不打算跟她提，也沒有機會跟她說。而媽媽自己也沒有發覺，見我沉浸在幸福之中，還以為我只是在學校交到志同道合的朋友。既然媽媽沒發現，爸爸當然也不會知道。

——但奶奶知道。

有天奶奶一臉頑皮地問我：「妳是不是交男朋友了？」我羞紅著臉沒有回答，她笑著說，只要詩詩幸福就好了。奶奶……可是奶奶她走了。她去世的那一天，我哭著去找春見，他擁我入懷，一直陪在我身邊。如今的我也傷痛欲絕，不知該如何是好，比奶奶去世那天更不知所措，但春見不在了，他已經不在了。我該怎麼辦？該怎麼辦才好……

「——媽。」

拜託不要離開我，不要再讓任何人離開我。

「我之後會跟妳說，現在先讓我一個人靜一靜。」

心口不一。媽媽猶疑了片刻，輕嘆一口氣。

「好，那妳之後再跟我說。但別太晚喔，我明天還要上班。」

我點點頭。媽媽沒有關燈，也沒有關門，就這麼離開了。我吸了一口氣，拿起床邊的遙控器將燈關掉，隨後倒在床上，縮著身子凝視黑暗，眼淚已然流乾。

——妳現在身邊有人嗎？

我在心中回答李。

——沒有，一個都沒有。

＊＊＊

「洛杉磯海灘悲歌——日籍高中生為救美國男孩當場溺斃」

媒體對春見的死下了這樣的標題。沒想到一件那麼複雜的事情，竟也可以濃縮成三言兩語。那天春見在洛杉磯的沙灘上散步，看到一個男孩在海中垂死掙扎，二話不說就跳進海裡。一切來得太快，沒人來得及阻止他。他將男孩救上岩石後——有家新聞說他可能是因為剛救完人，一時安心而過於鬆懈——原本打算要上岸，卻被捲進大浪之中。那名十二歲的男孩撿回了一條命，而春見則是在十分鐘後，被李他們找來的救生隊救起。雖然緊急做了心肺復甦術，最後仍回天乏術。

媒體不知道是真認為春見是個英雄，還是只是想要趁機炒作，紛紛開始報導春見的英勇事蹟。他們不知是從哪得到的消息，甚至追到了我家。那陣子，我每天都躲在祖母的床上。媽媽則顯得不知所措，她沒想到我會有男朋友，更沒想到那個男生還是新聞連日報導的主角，所以一連幾天都待在家裡避風頭，足不出戶。

爸爸回家後，遠方傳來他們吵架的模糊聲音。——詩織什麼時候交男朋友的？——妳難道都沒有發現嗎？——詩織再這樣不吃不喝下去，身體一定會垮掉的，她可是考生耶。我像個行屍走肉，毫無知覺，偶爾也會流眼淚，但過一陣子就會自己止住。這個軀殼哭也好，叫也好，我都無所謂。

告別式在一週後舉行。

春見的父母親自到洛杉磯辦理各種手續，將春見接回了日本。我久違地穿上制服，久違地外出。爸媽依舊搞不清楚狀況，但因為他們很注重禮節，還是決定陪我一起參加。

「雖然為時已晚，但我們還是得跟對方父母打聲招呼。」

語畢，父親對我露出沉痛的表情。

喪禮上來了很多人，除了春見的家人、李、李的父母、野崎、宮城，還有米澤老師、班上同學、社團朋友，就連已經上大學的上一屆學長姐，都來了幾十個人。

看著這些素未謀面的春見友人，我瞬間不知自己身處何地。現場啜泣聲此起彼落，我沒有哭，只是雙眼無神地望著前方，任憑身體與心靈不斷抽離。如果沒了軀殼，也沒了靈魂，我還剩下什麼？肯定只剩下無關緊要的東西吧。

靈堂前方掛著春見的照片。照片上的他身穿籃球社的紅色隊服，笑得好開心。無數的鮮花下則擺著他的棺木。

我和爸媽一同起身，準備上前為春見上香，但走到棺木約三公尺前，我的雙腳卻突然無法動彈。

那些原本遠在天邊的人事物，如今卻硬生生地來到我的眼前。我好害怕，害怕得無法前進一步。爸爸發現異狀，推了推我的背催促我往前走，但我做不到。

「詩織，妳怎麼了？」

他小聲問道。會場裡開始竊竊私語，我無法控制自己，只是抬頭望著上方，那裡沒有天空，只有春見笑容滿面的照片。

我好想他。

我好想見到他的笑容，好想好想──

「詩織。」

父親低聲喚道，一把拉住我向前走。被他這麼一扯，我的腳終於能動了。我和在奶奶的靈堂上一樣，為春見上了香，唯一不同的是我不敢瞻仰遺容，我沒有勇氣那麼做。最後一次看到春見時，他還在笑，抱完我後靦腆地笑，我想將我倆的回憶停留在那一刻。

上完香後，隨之而來的是告別式。工作人員發給大家一人一朵白百合，所有的人在棺木前面排成一列，等著將花放入春見的棺木中。我依然沒有勇氣靠近棺木，我也好想為春見獻花，棺蓋一旦蓋上，我就永遠見不到他了，我好想正視他的臉，將花放在他身旁，但我做不到。我唯一能做的，就是在一旁握著拳，咬著唇直發抖。

喪主致詞結束後，在春見家人的好意之下，我和一臉無聊的爸媽坐上喪家特別租來的遊覽車，一同去了火葬場。我再也見不到春見了，而在這最後的最後，我竟然沒有到棺木旁與他道別，這儼然是對春見的一種背叛。一想到此，就讓我心痛萬分，呼吸困難。

＊＊＊

在火葬場的等待期間，我藉口要去洗手間，離開了家屬休息室。裡面除了我們和李兩家人，其他都是春見的親戚，而李的媽媽和春見的媽媽又情同姐妹，所以只有我們家顯得格外突兀。

在這些小事的堆積下，我覺得春見離我越來越遠。

我們曾經靠得那麼近，三不五時就黏在一起，互相擁抱。

然而，這些都是這兩年內才發生的事。

我只參與了春見兩年的人生。

在他過世後才意識到這件事情，對我而言是何等殘忍。我所擁有的只有兩年，而且將永遠停在兩年，再也無法增加。

「──詩織。」

突如其來的叫喚把我嚇了一跳。抬頭一看，是李。

「你……怎麼……」

我抱膝坐在逃生梯上，驚訝得幾乎說不出話來，原本認為不會有人過來，沒想到他竟會找到這裡。

李笑得淡然。

「是春見跟我說的。他說，詩織總能找到孤寂的地方，然後在想尋找依靠時待在那裡。」

我咬了一下唇。李將黑色西裝外套夾在腋下俯視著我，他和春見差不多高，樣子看起來比照片上更加精悍，大概是瘦了一點的關係吧。

「我可以坐妳旁邊嗎？」

正當我還在猶豫時，他已走到我的右方坐下。我將身子移向樓梯的最左方，雖然這樣對他有些失禮，但當男生靠近我時，我還是會緊張。

「妳恨我嗎？」

這是李坐下後說的第一句話。

我愕然看向他，他的表情非常嚴肅。

「為什麼？」

「因為是我叫他來洛杉磯的，是我……」

他的聲音微微發抖，痛苦地皺起眉，沒有再說下去。我從沒責怪過他，所以不知該怎麼反應，只是茫然看著他的側臉。雖然和李是第一次見面，我卻覺得好像與他認識很久了。

——我跟我媽媽朋友的兒子李變成好朋友，狼狽為奸幹了無數件蠢事。

我別過頭。李努力忍住眼淚，用痛不欲生的表情對著我微笑。

「……我有東西要給妳。」

他將手伸進口袋，拿出一個手掌大小的四方形盒子，上面綁著水藍色的蝴蝶結。

「這是洋介買給妳的。」

我花了好長一段時間才伸出右手接過盒子，深呼一口氣，拆開蝴蝶結。一想到春見在綁這個蝴蝶結時還活著，就不由得雙手顫抖。

一枚戒指安穩立於盒中。

那是一枚素面的銀戒，微微的波浪造型，素雅而美麗。

「春見笑著跟我說，他在機場幫妳量戒圍，結果妳完全沒發現。」

——你在做什麼？

——妳覺得我在做什麼？

「……對不起，竟是由我交給妳。」

我搖搖頭，無言以對。我真的好喜歡、好喜歡春見，喜歡到我不知道此時此刻該如何表達。用左手摸了摸戒指，手指傳來冰涼的觸感。那天，春見低著頭將白色的吸管紙套捲在手指上玩，露出惡作劇成功後才有的笑容。

——我已經想好要買什麼了，為了感謝妳至今對我的付出，是份大禮唷。

戒指的尺寸剛剛好。

「這是一雙對戒。我本想將洋介的戒指放進他的棺木，但他們說不行，只能放進骨灰罈。」

李只有講到幾個特別的字彙時，才會出現不自然的口音。

「詩織，洋介真的很喜歡妳，他跟我說，他因為不好意思，所以還沒跟妳說過I love you。他用英文練習了千百次，打算在把戒指給妳時，認真用日文跟妳說愛妳……然後告訴妳，他會好好準備考試，跟妳一起搬去東京同居。」

——我們還那麼年輕，就應該趕快畢業，到喜歡的地方與喜歡的人一起生活。

我像在祈禱著什麼似的握住右手，將臉埋進雙臂之間，回想春見過去的一舉一動，以及對我說過的每一句話。他總是為我倆的未來考慮，他曾說過，他喜歡我眺望遠方的眼神，但其實，他比我看得更高更遠，活得比我更加精采。

「李。」

李不發一語地坐著，見我抬起頭，才將身子轉向我。

「我沒有勇氣見他最後一面，我盡力了，但還是沒辦法。」

「那有什麼關係。」

「你是說真的嗎？」

「……如果是我，我會希望另一半只記得我的笑容。詩織妳有到機場送洋介，那樣就夠了不是嗎？洋介才不會計較這種小事，詩織妳應該最清楚才是啊。」

李露出溫柔的笑容。我仰望天空，隨後低頭看向右手的戒指。

「可以讓我一個人靜一下嗎？一下就好……」

他的表情瞬間嚴肅起來，用眼神問我：「妳確定嗎？」

「哭的時候有人陪比較好喔。」

「如果不是自己一個人，我根本哭不出來。」

李雖不情願，卻還是無奈地起身。這個人真是體貼，難怪春見會與他那麼要好。他拿起掛在樓梯扶手上的外套，伸出被太陽曬得黝黑的手，把一個東西放在我的掌心。

「He's with you.」（他就在妳身邊。）

那是一枚銀戒，和我現在戴著的設計非常相似，只是尺寸比我的大很多。我抬頭看向李。

「我先回休息室，等等再來叫妳。」

他說完便頭也不回地走出走廊。我握著春見的戒指，低下頭。

——他就在妳身邊。

李說得沒錯，因為此時此刻的我已淚流滿面。我在春見身邊不斷嚎啕哭泣，直到李來叫我，告訴我火葬結束了，春見的身體成了一堆白骨。

＊＊＊

——阿靜默默地聽我說完，從頭到尾都沒有插話。

我不知道他到底了解了多少。

五年前我遇見春見，和他墜入情網，然後在三年前的夏天永遠失去了他。他在遙遠的洛杉磯海邊溺水，成了沒有機會長大的少年——簡單來說就是這樣，就像那天我看到的新聞標題，要多簡短就有多簡短。

「……除了他，我不會喜歡上任何人。」

我摸著右手無名指上的戒指說道。

「我說完了。」

「……妳房裡的那些信，」阿靜終於開口，「是李寄來的嗎？」

「對。」

——我會寫信給妳。

離別時，李這麼跟我說。

——我不會寫日文，所以會寫英文信給妳。

——為什麼……

——因為洋介希望妳幸福。

「他大概是出於擔心吧。雖然我們後來再也沒見過面，但一直保持通信，也因此成了好朋友。」

「……詩織。」

阿靜透過眼鏡，用黑色的眼眸注視著我。他的眼神充滿了責備，表情透露出心痛，那讓我感到難過。無論他接下來打算說什麼，我都不想聽。

「希望妳幸福的，不只妳那死去的戀人。」

「……」

「何況妳現在一點都不幸福。」

「我很幸福。」

「妳總是活得那麼孤單，拒人於千里之外。像這樣把自己的心封閉起來，不斷眷戀一個已不在世上的人，根本就不是幸福。」

「——憑什麼。」

為什麼大家說的都千篇一律。

向前看，忘記過去，開創另一段戀情。

「你憑什麼定義我的幸福？」

「我沒有定義妳的幸福，那是因為我眼裡只有妳，所以我知道。」

「為什麼大家都……」我顫抖著說道，「為什麼大家都不准我喜歡他！」

他是我的初戀，是我最愛的人，我想永遠陪在他的身邊，不願這份感情灰飛煙滅。

就只是這樣而已。我從來沒麻煩過別人什麼，只是自己一個人眺望天空，向星星許願，堅守心中的信念，這樣有什麼不對？

「詩織，我喜歡妳——我別無所求，只希望妳能露出幸福的笑容。」

——我想看見妳的笑容。

我抬頭望向夜空，我好想他，真的好想他，我只不過一心想要見到春見，有什麼好值得難過的？

——我已經想好要買什麼了，為了感謝妳至今對我的付出，是份大禮唷。

——等我回來。

他在機場對我說的一字一句，至今仍在我心中迴盪不已。

當時我回答他，我會等你回來。

所以，所以，所以——

「……已經很晚了，我要回去了。」

「詩織。」

「阿靜，你應該另尋新歡，跟別的女孩去過幸福快樂的日子，而不是在這裡糾纏我。」

阿靜瞇起眼，微微低下頭——我知道我傷到他了，那令我感到難過。

為什麼他會喜歡上我這種人？

他既不多話又體貼善良，身邊還有一個對他情有獨鍾的可愛女孩。我都已經拒絕他了，為什麼他還不放棄呢？我根本沒注意到他的心意，所以被告白時感到非常震驚。在那之後我不斷在傷害他，可是阿靜還是一直陪在我身邊。他何必對我那麼好，我希望他能過得快樂，和其他女生一起追求幸福。

「阿靜，別再管我了……我只想與你維持現在的關係。謝謝你的蛋糕。」

阿靜抬起頭，看似有話想說，但我不等他開口就轉身跑開。他也沒有要追上來的意思，我就這麼一路跑進公寓大廳，在電梯前調整呼吸。

屋裡黑漆漆的，這裡是我獨自生活的地方，只屬於我一人的天地。

——他說，詩織總能找到孤寂的地方，然後在想尋找依靠時待在那裡。

東京是個孤寂的地方，這樣的地方，對我來說再適合不過了。

空海交界之處

Dear 詩織，

雖然早就有心理準備，但結婚還真是忙爆了。

旅行回來後，我的生活就有如雲霄飛車一般，直到現在才有空寫信給妳。妳那邊還好嗎？生日是怎麼過的呢？

這幾天，我和艾咪、幾個朋友一起作了一項決定。接下來我要說的話可能有點冗長，還請妳耐心看完。

今年夏天是洋介的三週年忌日。

就像妳在信裡說的，我也好希望此時此刻他在我們的身邊。如果他還活著，我一定會請他在我的婚禮上致詞。

我覺得現在的自己正處於幸福的高峰，和我愛的人結婚，接受我愛的人的祝福。但是，即便知道洋介在另一個世界過得很好，我還是很難過他不在這裡。那天在海邊，我親眼目睹摯友的死亡，那是我人生中最糟的悲劇，這份悲痛將跟著我一輩子。

I miss him, 詩織. *I miss him badly*.（我好想他，詩織，我真的好想他。）

想必詩織也一樣吧。

我是洋介的摯友，仔細想想，我們只有在洋介的喪禮上說過話，就連飯都沒有一起吃過。但即使如此，我仍覺得自己對妳多少還是有些了解的。畢竟洋介以前就常跟我提起妳，這三年我們也在信裡聊了很多。因此，我才會和艾咪以及親朋好友商量，打算拜託妳一件事。

詩織，妳可以來洛杉磯一趟嗎？

我和艾咪想在結婚典禮前，告訴洋介我們結成連理的好消息，所以我們將舉辦一場追思會，邀請親朋好友一同來緬懷洋介，讓洋介知道我們有多麼愛他。

我認為，在這樣的場合，絕對不能少了妳。

我知道，自從失去洋介後，詩織妳一直是孤家寡人。每次寫信問妳好不好，妳從不回答自己「過得很好」，不是「一切如舊」就是「大致上還順利」，又或是「沒什麼特別的」。妳知道嗎？妳在信中的口氣太平靜了，平靜到不帶有一絲感情，我有時讀著讀著都感到一陣鼻酸。

我很清楚洋介有多麼喜歡妳、珍惜妳。身為他的兄弟，我不能放任妳不管。我知道妳仍深愛著洋介，但是詩織，現在的妳過得並不快樂。

洋介最期盼的，就是妳獲得幸福。

詩織，來洛杉磯一趟吧，和我與艾咪、幾個朋友到海邊陪洋介。別害怕，無須對海感到恐懼，聖塔莫尼卡的海灘非常漂亮，妳來了就知道。我打算帶妳去洋介留學時常去游泳的地方，在那裡聽上幾個小時的浪聲。妳會發現，只要我們還活著，周遭的人與環境都會有所改變。妳走出陰霾，並不等於對他的背叛。

拜託妳千萬別拒絕。

時間上看妳方便，洛杉磯在十月半之前都很暖和，也不用擔心住的問題，如果怕旅費不夠，我們會幫妳集資。

期待與妳相見的那天。

Sincerely, Lee

1 相戀

八點多睜開眼睛，在床上放空片刻。

昨晚我似乎夢見自己去了海邊。

起床後，我先到浴室淋浴，在等咖啡機的期間抽了一根菸。今天是星期一，我第一節到第三節都有課，第一節英文課得上臺報告上週的作業，也就是德國的旅行企劃書。

自那晚已過了一週，好長又好短的一週。

這段期間，詩織一直裝得若無其事，而我也配合她假裝什麼事都沒發生。智子姐一定早就發現我倆的變化，只是還沒來問我。「時鐘小偷」還是老樣子。

喝完咖啡，我站著吃掉昨天智子姐給我的司康，出門前又抽了一根菸。最近我的菸癮有越來越大的趨勢。

我九點準時到校，沒去抽菸就直接走進教室。三谷還沒來，自從上次在「時鐘小偷」的突發事件後，我到現在都還沒見過她。星期二的美國文化她沒來旁聽，星期四的英文課也請假，是我害的嗎？

幾分鐘後，三谷和老師有說有笑地走了進來。然後在上週的位子，也就是我旁邊的旁邊坐下。

「淺生，早安！」她精神抖擻地向我打招呼。

「早安。」

女生都喜歡裝作若無其事嗎？

課程進行得很順利，三谷看上去很有精神，自始至終話沒停過。只不過，她不再像以前那樣偷看我，我報告時她還算專心在聽，其他人報告時則顯得心不在焉，不斷看向窗外。

——春見洋介。

我對這個名字沒有印象，但有聽說過那場意外。詳細內容不太記得了，只知道有個高中生在美國喪命，印象中媒體還將他塑造成有為青年，說他是社團隊長，還曾經出國留學，成績優異，若活著將來必定大有可為。但無論真相如何，那對我而言不過是發生在遠方小鎮的陳年舊事……至少在一週前還是。

——除了他，我不會喜歡上任何人。

我在網路上搜尋了當時的報導，但也只是稍微瀏覽，因為我不需要鉅細靡遺的資訊。

重點是——

這件事對詩織而言根本還沒過去。

「淺生。」

漫不經心地上完課後，我走出教室要去抽菸，卻被三谷從背後叫住。

「上次很抱歉，一切還好嗎？」

三谷「啪」的一聲雙手合十，半瞇著眼說。她的聲音依舊宏亮，態度也很自然，彷彿是在為遲到這種小事而道歉。
「還好。」
一切都還好，表面上一切如舊。
三谷抬起眼來，不好意思地笑了兩聲。
「那就好……那個，淺生……」
「怎麼了？」
「我交男朋友了。」
她低著眼說完後，抬頭看向我。我不知道自己的臉上是什麼表情，也許有些愣然，因為這實在太出人意料了。
「……恭喜妳。」
這是我腦中唯一浮現的臺詞，其他無可奉告。三谷花了幾秒鐘觀察我的表情，隨即露出笑容。雖然我覺得她笑得很勉強，但我跟三谷並沒有熟到能一眼看穿她的情緒。
「對方突然跟我告白，我也就順勢答應了。所以，我不會再纏著你，也不會再做上次那種事，你可以安心了。先走囉。」
還沒等我舉起右手，三谷便頭也不回地走了。看著她離去的背影，我動身前往吸菸區。恭喜？到底怎麼回答才正確？三谷是抱著什麼心態來跟我報告這件事的呢？
天涯何處無芳草，何必單戀一枝花。其實三谷這才是聰明的做法。我對她的窮追猛打感到很無力，一想到之後不用面對這些就很開心，但是——

我無法放棄詩織。要我另尋芳草？我做不到。

我好自私。對喜歡自己的人感到厭煩，卻又死纏爛打地喜歡別人。

在長椅上抽著菸，看向自己的皮鞋。都舊了，改天去買雙新的吧。抬起頭來，看著眼前的學生來來去去，詩織應該不在裡面，因為她星期一沒有課。

——你憑什麼定義我的幸福？

這一整個星期，我一直在思考何謂「幸福」。我希望詩織能展露笑容，到底是為了她的幸福還是我的幸福？

——我喜歡妳，我別無所求，只希望妳能露出幸福的笑容。

——淺生，你自己難道沒發現嗎？你變得越來越陰沉，越來越自閉，看起來一點都不幸福。

「幸福」本來就曖昧不清，誰都不能干涉他人的幸福。而我卻擅自定義別人的幸福，將自己的偏見強加在他人身上。

也許，詩織根本不想在「他」身邊以外的地方綻放笑容。

——為什麼大家都不准我喜歡他！

專情於喜歡的人。

喜歡著同一個人。

把自己的心封閉起來，眷戀一個不在世上的人。
如果這是她的願望、她的幸福，那麼我無權否定。
——阿靜，你應該另尋新歡，跟別的女孩去過幸福快樂的日子，而不是在這裡糾纏我。
我無法另尋新歡，這一點詩織最清楚不是嗎？但和她爭執這個是沒有意義的。……是嗎？可是我喜歡的人還活著，但那又怎樣？他已離開詩織三年，這三年來，詩織卻仍愛著這個再也無法見面、無法碰觸、無法說話的對象。三谷的單戀結束了，那我呢？
「……」
一旁抽菸聊天的人擾亂了我的思緒，真是煩死了。我嘆了一口氣，將香菸投入菸灰缸中。算了，反正我也沒有歸納出結論。
法文課我晚了五分鐘進教室，老師不悅地瞪了我一眼。我若無其事地在窗邊坐下，將視線移向窗外。
這所學校，無論從哪間教室望出去，都看不見海。
——詩織不能看到海。
我想起了徹哥的話。她光是看到洛杉磯海邊的照片都會崩潰，一個脆弱至此的人，到底要如何孤獨活下去？
我不斷地想，難道，我真的無法為她做什麼嗎？

＊＊＊

快三點時我來到「時鐘小偷」，在店裡度過一如往常的時光。智子姐最近在幫友人照顧一隻褐色短毛貓，而那隻貓現在就睡在內場的籐籃裡，用一種唯我獨尊的表情。也多虧了那隻貓，詩織看上去比平常放鬆了許多。這整個禮拜，她的神經一直很緊繃。

詩織很喜歡動物。我剛來打工沒多久，智子姐的友人帶了一隻小柴犬來店裡玩，平時總是強顏歡笑的她，只有那次露出發自內心的笑容。

還記得那天飼主和智子姐在櫃檯聊天，我和詩織在內場整理書。柴犬趁他們不注意時偷偷溜進內場，突然見到一隻小狗衝進來，我一時間還以為是個電動玩偶。正當我感到匪夷所思時，詩織站了起來，伸出雙臂打算將柴犬抱起來——結果還沒抱到，狗就將她飛撲在地，之後更直接跳到詩織的大腿上猛舔她的臉。

那一瞬間詩織笑了，那笑容宛如遊樂園中的孩子般純真，完全不見她平時的孤寂。詩織坐在地上笑了一陣，才伸手抱起小狗。

——真抱歉耶，小詩，我朋友才剛養，牠還不太懂規矩。

——不會。

我坐在斜後方心想，原來這個人也能笑得那麼開心啊。智子姐把小狗帶出去後，詩織回到位子上，帶著微微笑意繼續工作。目睹一切的我，最後將視線落在她的手指上。

——既然能笑得那麼開心……

為何不讓自己快樂一點呢？我知道她生性害羞，不太跟我說話就算了，但我看得出來，她就連和智子姐、徹哥都保持一定的距離。這個人到底怎麼了？

也大概是從那時開始，我就經常想著詩織。

漸漸地，我的腦中全都是她，眼裡也只有她，無法自拔。

我這才發現，原來喜歡上一個人是這種感覺。

＊＊＊

「——阿靜，你在幹嘛啊？」

我將咖啡色毛的貓咪抱起，手中傳來輕盈而溫暖的觸感。

「這隻貓一直跟著我。」

我回答道。晚間六點四十五分，我準備到店外收拾長椅，這隻貓見狀立刻追出外場。我把牠抱回內場的籃子後，牠又不死心地追了過來，再度抱起牠時，詩織就問了我剛才的問題。

「你抱貓的方式好怪喔。」詩織坐在櫃檯中，將手中讀到一半的書合起。

我用雙手托著貓的腋下，所以貓咪正用下半身拚命掙扎。詩織過來扶住貓的身體，把牠放到地板上。

「因為我沒有抱過貓。」

「你不喜歡貓？」

「也不是……」那隻貓開始磨蹭起書架，「只不過沒什麼接觸的機會，所以不太了解牠們罷了。對我來說，貓只是比河馬、長頸鹿更常見的動物。」

詩織歪著頭，露出些許打趣的眼神，輕聲說：「阿靜偶爾就會說些奇怪的話。」她蹲了下來，伸出右手逗貓。我看著她手上的戒指，心想，好久沒跟詩織這樣閒聊了，這個禮拜我們的話題只圍繞著工作打轉。

「抱牠們的時候要捧住屁股。」

「……在我收拾長椅的這段期間，妳可以幫我看著牠，別讓牠跑出去嗎？」

詩織看著貓點點頭。我走出店外，這週的長椅主題是英國童話，上面擺著《魔戒》、《納尼亞傳奇》、《愛麗絲夢遊仙境》、《小熊維尼》、《柳林風聲》，以及一張張手寫的POP簡介。詩織寫的簡介和她本身一樣低調樸實，我很喜歡。我小心翼翼不讓簡介掉下來，將書本疊在一起，連長椅一同搬進店裡。回到店裡時，詩織已和貓咪回到櫃檯的位子上。

我會希望她笑，大概只是為了自己——看詩織一邊微笑一邊撫摸櫃檯上的貓咪，我突然有這種感覺。

因為自私，所以希望她在我面前展現笑容；因為自以為是，所以一廂情願地想要解救一個根本不想得救的人；為了自我滿足，所以強迫她對我說出那段過去。即便她對我坦白了所有事情，我仍不願接受。我這麼做只不過是在傷害詩織罷了，根本不是在關心她。

——為什麼大家都不准我喜歡他！

我怎能讓她說出這樣不堪的話？

我從內場擰了條抹布出來，貓咪見狀，立刻準備撲向我手上的抹布，還好被詩織連忙抓住。「抹布不是玩具喔。」詩織說完，將貓咪抱到內場，片刻又走了出來。

「我把牠關進工場了，等等打烊後，徹哥會帶牠回家。」

「好。」

「我來檢查書架。」

「麻煩妳了。」

她伸出右手，沿路摸著書背檢查。

——我好喜歡她。

我不能再逼她了。失去戀人後，智子姐與徹哥是她少數的依靠，若我再繼續闖入她的世界，她可能會被我逼得離開「時鐘小偷」。

如果我無法辭職，就只能狠下心來，和她維持單純的同事關係。

不再靠近，不再奢望。

我何時才能做到這個地步呢？

***

兩天後的星期三，我坐在櫃檯裡測試店裡收購的CD。智子姐用托盤端來兩杯咖啡，炎炎夏日，這陣子本來就很少客人上門，此刻店裡也沒有半個客人。

「阿靜，我準備了冰滴咖啡，你要喝嗎？」

智子姐將兩個杯子放在古董桌上，轉頭向我問道。

「……在那邊喝嗎？」

「對呀，現在正好三點，偶爾也該約你喝個咖啡嘛。」

我心中有股不好的預感，但在智子姐的盛情邀約之下，還是熄掉了菸，在智子姐右方的椅子坐下。星期三詩織不在店裡，徹哥和平常一樣在工場工作，整間店裡只有我與智子姐兩人。

「阿靜。」

「嗯。」

「總覺得你最近很安靜。」

「是嗎？」

「雖說以你的年紀來說，你本來就比一般人沉著，但最近越來越沉默寡言了。」

智子姐定睛觀察我，用旋轉樓梯般的透明吸管吸了一口咖啡。智子姐還是這麼喜歡富有童趣的小東西，我的咖啡也插著一樣的吸管。

「大概是太熱中暑了吧。」

「少在那邊跟我裝傻，差不多該說實話了吧，你跟小詩怎麼了？」

智子姐的表情非常嚴肅，我喝了一口咖啡回答道：「基本上就跟妳想的差不多。」

「你告白被拒絕了？」

我不禁失笑，這句話還真是一針見血。事已至此，我似乎也看開了。

「是啊。」

「居然沒成功……」

智子姐深深嘆一口氣，搖了搖杯子裡的冰塊。

「小詩也真是固執，她大概有難以忘懷的對象吧。」

「好像是。」

「美好的回憶總是害人，在心中昇華後，只會讓人以為自己再也碰不到更好的人。」

我默默喝著冰咖啡。智子姐說得沒錯，美好的回憶是最難取代的。而且聽詩織說起來，我和春見洋介完全是兩種類型的人。

「雖然我很想以熟女的身分給你一些意見，但我怕自己只會把事情搞砸，因為在我的認知中，是人就該勇敢追求真愛，不感動對方決不放棄。」

「真帥。」

「對，沒錯。所以我的女生朋友常說，我不適合當戀愛諮詢的對象，因為我在這方面完全沒有心機。跟我相比，阿徹就厲害多了。」

「徹哥？」我看向智子姐。

「喔，我的意思不是他很會耍心機，而是說他很擅長幫人處理感情的事情。我就是在找他做戀愛諮詢的期間愛上他的。」

智子姐莞爾一笑。說起來，我從沒聽智子姐說過他們兩人的往事。雖說我對別人的私事沒興趣，但他們這對個性天差地遠的夫婦，還真令人有些好奇。

「妳和徹哥是怎麼認識的啊？」

「他是我高中學妹的哥哥。那時我是一所不良高中的小毛頭，阿徹則在美術大學專攻油畫。我在弘子家……啊，弘子是阿徹的妹妹，我在她家看到一幅充滿孤寂美感的鐵路畫。一聽她說那是她哥哥畫的，就叫她介紹給我認識。我想知道到底是什麼樣的美大生，才能畫出這麼美的畫。」

「我們認識後並沒有馬上在一起。一方面是因為阿徹根本不跟我講話，另一方面是因為那時候我有男朋友。我高中的時候很多人追喔，我有告訴過你我高中玩樂團嗎？」

「我只知道妳會彈吉他。」

「對對，我是樂團的主唱兼吉他手，鼓手和吉他手是男生，貝斯手是女生，我們四個人經常玩在一起。我高中是個不良少女，留著一頭綠色的短髮，是綠色喔！像小黃瓜那種綠色唷！不是銀灰那種普通的顏色喔！那時我交往的對象都是玩樂團的男生，今天跟這個男生交往，明天跟那個男生分手，簡直忙透了。我從那時候在這方面就很沒心機，敢愛敢恨，喜歡就展開攻勢，不喜歡就一刀兩斷，當然，也有被甩的時候啦……」

智子姐喜孜孜地笑了。我試著想像她那時的樣子，小黃瓜般的綠色短髮、和現在一樣直率性格，會很多人追也是理所當然的。我不禁微微一笑，還真想親眼看看。

「那時我完全無心念書，每天都在改造制服，把白T撕得破破爛爛，又或是畫上自己樂團的圖案。所以啊，我很崇拜像阿徹這種畫畫很強的人。就連弘子不在的時候，我也會殺去他家找阿徹。阿徹在畫畫，我就在旁邊看畫集，單方面地跟他說話，聊音樂、聊感情。基本上阿徹都不會回我，但只要一開口就一定答在點上，像是『不用在意』、『跟他分手吧』之類的。我是個耳朵很硬的人，只有對阿徹才會乖乖聽話。」

「我們就這樣慢慢要好了起來，呃，正確來說，是我單方面覺得自己跟他很要好。直到有天弘子跟我說，她哥哥突然一個人搬出去住了，我聽了大吃一驚，因為阿徹完全沒有跟我提過這件事。我連忙跟她要了阿徹的新地址，不管三七二十一闖進他家，對他大發雷霆。你也覺得很傻眼對不對？很我行我素對吧？那年我才高三，很年輕吧？結果阿徹根本不理我，只是自顧自地畫畫，我還記得他那時候畫的是水果靜物寫生。我一個人發完脾氣後跟他說，我以後會改來這裡找他。」

「沒想到阿徹竟轉過頭來跟我說，妳很煩，滾出去。還唸了我一頓，說哪有一個女生會這樣一天到晚往男生家跑，難道不會對男朋友感到愧疚嗎……之類的。這是阿徹第一次對我生氣，也是第一次對我說那麼多話。我慌了，開始嚎啕大哭，還跟阿徹說，大不了我跟男朋友分手嘛！然後當場打電話給——那人叫什麼名字啊？算了，反正就是打電話給當時的男朋友，立刻跟他一刀兩斷。阿徹似乎很驚訝，卻也沒有多說什麼，只是默默地轉向畫布。我好怕今後再也見不到他了，看著他的背影，不禁悲從中來，於是就趁勢告白了。」

真是暴風雨一般的女人，雖說她現在也很火爆，但以前也不遑多讓。

「然後呢？你們就在一起了？」

「沒有，我被狠狠地拒絕了，阿徹說，他絕不可能跟我這種女生在一起。」

我下意識地看向內場方向，當然沒有看見徹哥，此時此刻的他應該在工場裡埋頭工作吧？

「但我並沒有放棄，之後依然對他窮追猛打，一連被拒絕了好幾次。直到高中畢業後，阿徹才終於勉強接受了我。」

「他答應了？」

「沒錯。他大概以為我是一時被愛情沖昏頭，想說只要跟我交往一下，我就會死心了，沒想到卻發展得這麼順利。」

我喝了一口被冰塊稀釋的咖啡，和剛才那段故事一起吞下肚。智子姐竟然被徹哥拒絕？

真令人難以相信。雖然這樣說有點莫名其妙，但好難想像徹哥竟然也有大學時代，也有跟我差不多大的時候。

「怎麼會說到這個？喔對，戀愛諮詢。如果你想找人說說話，可以去找阿徹，他很擔心你喔。」

「很擔心我？」

「嗯。他說你最近菸越抽越兇，意思就是他很擔心你。你等等把這些收到內場，然後去工場找他一下，櫃檯我來顧。」

於是，我拿起空杯與托盤往工場走去。我不太擅長向人請教事情，也不太想談詩織的事，真的能順利問出口嗎？

工場的門是半掩著的，聽到我輕輕敲門，徹哥從工作中抬起頭來，向我點了點頭。我走進房間，將托盤放在工作檯上，把徹哥的空杯子收進托盤。

「徹哥，我可以問你一個問題嗎？」

徹哥本來在幫胸針上色。聽到我這麼說，他停下筆，面無表情地看我一眼。

「剛才，智子姐跟我說了你們的相戀過程。」

徹哥微微蹙眉，不甚開心地往我後方的門看了一眼。我硬著頭皮繼續說道：「你是從什麼時候喜歡上智子姐的呢？」

他百般無奈地看向我，我從沒見過他那樣的表情，就連上次他的打火機被智子姐沒收時，他都沒有這麼焦慮。我有點緊張，畢竟這是我第一次問徹哥私事。

「……從一開始。」

沉默了約五秒鐘，他終於開口。

「可是智子姐說你拒絕了她好幾次。」我眨了眨眼。

徹哥閉起雙眼，那表情彷彿在抱怨「她怎麼連這個都說了」。我咬住臉頰內側，拚命忍住笑意。

「我怕一旦接受她，她就會跟著我一輩子。」

他一副豁出去的樣子，拿起工作檯上的香菸叼在嘴裡，低頭用打火機點燃後，一邊吐煙一邊說道：「智子和詩織很像。」

「……哪裡像？」

「她們兩個都很頑固，一旦愛上了就無法自拔。」

他喃喃說完後，叼著菸看向我。智子姐和詩織很像？我從來沒這麼覺得過，但不知道為什麼，由徹哥口中說出來就是特別有說服力。

我伸手拿起托盤，徹哥也拿起筆，將注意力放回工作上。然而離開前，我突然想到自己有件事忘了問，再次回頭看向徹哥。他也注意到我的異狀，抬起頭來看著我。

「徹哥，你覺得，有什麼東西能勝過美好的回憶？」

徹哥想了想，將香菸放在菸灰缸上，面無表情地回答：「應該是未來的約定吧。」

我在口中默默重複了一次。

「……我懂了，謝謝。」

我走出工場。未來的約定——徹哥的話在我的胸口不斷迴響。這大概是我聽過最充滿希望的話語了。

2 信

「謝謝光臨！」

將買書的女客人送出店外後，我本來要拿菸出來抽，見詩織從內場走出來，趕緊收回手。

「阿靜。」

「嗯？」

「現在播的是誰的歌？」她指著音響問，口氣像是在自言自語。

「巴布・狄倫。」這其實不是CD，而是我用手機接線播放的歌。

「怎麼了嗎？」

「這首歌……」她茫然沉吟道，「我以前好像有聽過。」

從她的反應看來，這裡的「以前」應該是指高中時代。

「但編曲好像不太一樣。」

「這首歌被不少人翻唱過。」

「歌名是什麼？」

「〈Make you feel my love〉。」

「是巴布・狄倫寫的嗎？」

「對。不過他當時錄完這首歌並未馬上發行，反倒是比利・喬的翻唱版先上市。最近廣播也常播愛黛兒的版本。」

詩織面無表情，不知道是在專心聽音樂，還是沉浸在回憶之中，過了好久才意識到我在跟她講話，然後露出淡漠的笑容。

「是喔……謝謝，我晚點會找來聽。」

我將曲名和專輯名稱抄在紙上遞給她，她二度跟我道謝後，接過紙條走進內場。我左顧右盼，確認店裡沒客人後，才叼起香菸點燃。

——如果是以前的我……

一定會問更尖銳的問題吧。

但我不會再重蹈覆轍了，因為我已經下定決心。一旦有了破釜沉舟的覺悟，還真就不會鑽牛角尖了。看開以後，才發現自己幾週前是多麼纏人，多麼自私，多麼自以為是。既然詩織不想別人碰觸她的傷疤，我又何必在她的傷口上撒鹽呢？這麼簡單的道理，我怎麼現在才明白。

——應該是未來的約定吧。

時間是屬於未來的，而未來是不可預測的。

無論如何，春見洋介沒有未來，但我有。

一想到這裡，我心中的焦躁感便降低許多。未來的某一天，詩織可能會回心轉意，但也可能不會。而正因為無法確定，未來才充滿了希望。美好的回憶就讓它永遠美好，只要製造更美好的回憶，慢慢取而代之即可。

這樣就夠了，我不會再強人所難了。

詩織似乎也看出我心態上的改變，逐漸開始放鬆警戒。

「阿靜，我切了西瓜喔，你要吃嗎？」智子姐從內場探出頭問道。

「最近我們好像越來越常吃點心了。」一般人在顧店時，頂多吃個喉糖就不錯了。

「畢竟是夏天嘛。」智子姐笑著說，「不過西瓜還是到裡面吃好了，我幫你顧櫃檯。」

「謝謝。」

我熄掉香菸，順手將自己的筆電蓋起來。最近我跟詩織常帶電腦來店裡，因為七月中旬學校就公布了期末考日程，之後有不少期末報告要交，所以我們常利用顧櫃檯的時間打報告。

走進內場，詩織正用叉子將西瓜籽一一剔除，她在做這種事時總是特別全神貫注。

我在詩織對面坐了下來，一語不發地吃著西瓜。這時，徹哥從工場走了出來，一把抓起一大塊西瓜，在小廚房的流理臺前啃完後，沖了一下手又默默回去工場，前後不過幾秒鐘的時間。他離開後，我和詩織面面相覷，很有默契地笑了。

「妳有聽過智子姐和徹哥交往前的故事嗎？」

我拿著空盤子起身問道。

「什麼故事？」

「智子姐追不到徹哥的故事。」

我邊洗盤子邊轉頭對詩織說，她睜大眼睛猛搖頭。

「妳可以問智子姐，她一定會告訴妳。」

詩織咬著下唇，那表情彷彿在說她很想知道，但問不出口。我被她逗笑了，然後發現自己今天心情可真好。

「我回去顧櫃檯囉。」我和詩織報備完便離開工作區。回到外場時，智子姐正在翻閱櫃檯旁手掌大小的漫畫。

「智子姐。」

「喔，阿靜，西瓜好吃嗎？」

「很好吃，換我顧吧。」

「你期末報告進度還好嗎？」

「還不錯。詩織好像很有興趣。」

「什麼很有興趣？」

智子姐把位子讓給我。

「智子姐和徹哥的相戀過程。」

她哈哈大笑，俯下身來在我耳邊悄悄地說：「那天啊，阿徹好像很難為情，回家把我罵了一頓，叫我不要把這種無聊的往事告訴別人。不過沒關係，我還有很多年輕趣事可以說，等等來跟小詩說別的好了。」

「智子姐，妳如果出書我一定買。」

「真的嗎？那我來出一本好了，然後偷偷混在店裡賣，銷路應該會很好喔。」

說完，她笑著走進內場，跟詩織不知道說了什麼。幾秒鐘後，只聽見裡面傳來徹哥如雷貫耳的大吼──「智子！」隨之而來的是智子姐的放聲大笑，以及追逐的腳步聲。

我坐在櫃檯獨自莞爾，想必此時此刻，詩織也是滿面笑容吧。

若能這樣度過今年夏天，我也就心滿意足了。

＊＊＊

然而，好景不常。這樣的日子持續了沒多久，放暑假前，詩織又開始變得怪怪的。她常常都在發呆，邊摸戒指邊仰望天空。每次喊她，她都一副才回過神來的樣子，然後露出敷衍的微笑。

「又發生什麼事了？」

果不其然。一個詩織沒上班的星期三，我坐在櫃檯裡檢查剛收購的二手書，智子姐突然來到櫃檯前，開門見山地問我。

「妳在說什麼？」

我放下書反問道。雖說我早已預料到智子姐會來問我，但還是決定先裝傻。她右手扠著腰，一副興師問罪的模樣。

「你這個人個性真的很糟糕耶，又在那邊給我裝傻。我在說小詩啦，她最近有點不太對勁。」

「我什麼都沒做。」

「真的嗎？」

「我沒有那麼喜歡自討沒趣好嗎？」

「可是，之前我不在的時候，有個女生來店裡找你不是嗎？」

「……喔，妳是說三谷。應該不是她吧，她已經有男朋友了。」

「咦？她喜歡的不是你嗎？」

智子姐做什麼都直來直往。如果每個人都和她一樣直率，世界一定會變得更簡單、更和平。

「她打退堂鼓了。」

「你怎麼知道她交男朋友了？」

「她跟我說的。」

「她自己跟你說的？」

「對。」

「哇！那孩子好敢喔！她有很委屈嗎？」

「委屈？沒有……」

「也是。」智子姐雙手抱胸，閉起眼睛用力點頭，「畢竟你對小詩一往情深嘛。哎呦，你們這些年輕人，好青春喔。」

「別挖苦我了，妳不是要聊詩織的事情嗎？」

「喔對，差點忘了。你跟阿徹越來越像了呢。」

「哪裡像？」

「每次我話題扯遠時，你們都會把我拉回來呀。喔對，小詩的事還沒講完。你知道她最近為什麼心情不好嗎？」

我搖搖頭。我也看出她最近怪怪的，但不知道原因。畢竟最近店裡沒發生什麼事，我也沒特別招惹她。

「會不會是期末考的關係呢？」

「哇，你們兩個心有靈犀耶。我上次問小詩最近怎麼那麼沒精神，她說她最近準備考試比較累，但怎麼聽都是藉口。」

「是啊。」

「你難道不會擔心嗎？」

正當智子姐板起臉孔表達不滿時，一位男客人走了進來，我和智子姐連忙異口同聲地說「歡迎光臨」。那名客人看起來是個大學生，他先是看向櫃檯，然後在店裡東張西望，心不在焉的。智子姐壓低聲音對我說道：「阿靜，你也去問問看小詩嘛。」

「她連妳都不說了，怎麼可能跟我說。」

「你在打什麼主意？欲擒故縱大作戰嗎？」

「智子姐，妳怎麼一副很興奮的樣子？」

智子姐笑而不答，手舞足蹈地往內場走去。我輕輕嘆一口氣，原本要拿菸來抽，突然想到店裡還有客人，只好縮回了手。「乾脆來換歌吧……」正當我在櫃檯側邊的CD堆中翻翻找找時，那位男客人走向了我。

「請問……」

「什麼事？」

「你們這裡的工讀生，一個叫……」

聽到關鍵字，我才第一次正眼瞧向他。雖說這麼說不太好，但眼前這個人長得實在很普通，難以讓人留下印象——頭髮染成棕色，只有劉海莫名其妙特別長，白白瘦瘦的，穿著鑲有釘鉚的T恤。大概是我們學校的吧，看起來就是會加入熱音社或電影社的那種人。

「誰？」

我明知道他在說詩織，卻故意裝傻。

——你這個人個性真的很糟糕耶，又在那邊給我裝傻。

棕髮男往內場張望一陣後，歪了一下頭。

「一個叫遠野的，她今天沒上班是嗎？」

「對，她今天沒來。」

「是喔……這裡星期幾公休？」

「星期四，所以我們明天公休。」

「謝啦。」

他說完便離開。我制式化地說了聲謝謝光臨，隨後坐下抽起菸來。這是我到這裡上班後第一次有人來找詩織，本想跟智子姐探探消息，但一想到問了又要被她戲弄一番，便打消了念頭。

——因為我已經決定不再干涉她了。

我低頭用左手將頭髮亂搔一氣，在心中這麼告訴自己。抬起頭後，我決定不放CD了，改將自己的智慧型手機接上音響，選了巴布·狄倫的歌。

明天店裡公休，第二節課雖然會見到詩織，但因為必須在課堂上寫報告交給老師，所以應該沒機會說到話。

星期五怎麼還不快點來呢？暑假怎麼還不快點來呢？

＊＊＊

星期五，我在中午前抵達「時鐘小偷」。智子姐坐在櫃檯裡，詩織則是剛到店，正在內場穿圍裙。

「午安。」

「午安，阿靜。」

詩織露出短暫的微笑，看起來還是沒什麼精神。今天似乎輪到徹哥休假，工場裡空無一人。

「智子姐有說今天要做什麼嗎？」

「還沒。」

穿好圍裙後，我們一起去找智子姐，她正在看一本外國圖集。

「今天小詩顧櫃檯，阿靜把那座貨架的中段清出來。我們平常喝的咖啡豆要開始在店裡賣了，所以要在那邊開一個咖啡區，夏天嘛，順便賣一些泡冰咖啡的用具。然後我等等要去一趟麵包店。」

「麵包店？」

「附近新開了家麵包店啊。也難怪你們不知道，因為是開在我們家那個方向。那家店很小很窄，跟我們一樣是夫妻共同經營的，我今天突然好想吃他們家的火腿起士三明治，是卡門貝爾起士喔！我會連你們的份一起買，你們應該還沒吃午餐吧？」

見我們點頭，智子姐露出開心的笑容。

「我大概半小時後會回來，店裡就拜託你們囉。」

「好。」

智子姐走後，詩織坐進櫃檯，我則開始整理櫃檯右邊的貨架。目前貨架上放的是箱子、盒子、徹哥用鋼線做的首飾架等居家收納用品，我小心翼翼地將商品收起來，搬進內場。智子姐回來後，應該會和我一起整理其他的貨架，將這些商品換地方陳列。

詩織將智子姐原本在播放的電影原聲帶換成崔西・查普曼的專輯，然後打開自己的筆電，大概是有什麼報告要寫吧。

正當我搬好東西，在幫貨架除塵時，門上的掛鈴叮鈴作響。

「歡迎光臨。」

只有我一個人的聲音。正奇怪為什麼詩織不發一語時，看到那客人我就全明白了。走進來的，是之前來找詩織的棕髮男。見詩織露出不堪其擾的表情，我不禁暗暗鬆了一口氣。

「遠野同學。」

「你好……」

「上次聽妳說店裡有賣CD跟DVD，我就想說過來看看。」

棕髮男笑著說。我看向詩織，但詩織沒有看我，只是不知所措地看著棕髮男。啊，原來他是這種人啊。

我決定繼續除塵，靜觀其變。

「妳今天沒課嗎？」

「沒、沒有。」

「是喔，我等等第三節要考Chi文，我連一個字都看不懂，完蛋了。」

我對於會把「中文」說成「Chi（nese）文」的人本就反感。看看手錶，現在是十二點半，他第三節要考試的話，頂多待個十分鐘就會走了吧。

詩織和他中間隔著櫃檯，卻還是向後退了一小步。

「我中午到這附近吃拉麵，想說妳會不會剛好在店裡。妳今天是從早上開始上班嗎？」

「對……」

「上到晚上？」

「對……上到打烊。」

「真假？妳不是工讀生嗎？也太久了吧。這裡幾點打烊？」

「七點。」

「妳住附近嗎？」

「對。」

「是喔，我去逛逛CD喔。」

詩織點了點頭。等棕髮男走到CD區後，我悄悄靠近櫃檯，詩織這才將目光放在我身上。

「我來顧櫃檯吧。」我壓低聲音說。

詩織瞄了那男生一眼，咬著唇猶豫了兩秒。見她一副想要拒絕的樣子，我急忙插嘴道：

「就當是……」

「就當是三谷那次的賠罪。」

這下子，詩織也沒話說了。

「我來顧。」

在我的催促之下，詩織終於放棄抵抗。她先是輕聲說了一句「抱歉給你添麻煩了」，又瞄了一眼在翻找CD的棕髮男，才起身往店內走去。我嘆了一口氣坐下。

「奇怪。」

棕髮男發現櫃檯裡是我，拿著兩張CD走了過來。我面無表情地等著他。

「遠野同學呢？」

「她去內場接電話了。」

「啊，是喔……她會回來嗎？」

我煞有其事地看向內場，「那也要等她講完電話。」

「大概要多久？」

「客人在向她詢問事情，可能要花一點時間。」

「這通電話非她接不可嗎？」

棕髮男不悅地瞥了一眼手機，我盯著他看了兩秒，「請您稍等一下。」說完便走進內場。詩織在整理我剛從外場搬進來、根本不需要整理的貨品，一副心不在焉的模樣，直到我靠近才回過神來。

「他還沒走。」不等詩織開口，我已回答了她心中的疑問。她微微低下頭，顯得很不安。

「詩織，如果我把他騙到知難而退，會不會害到妳？」

「……騙、騙什麼……？」

「騙他說妳有男朋友之類的。」

詩織欲言又止，她先是往外場看了一眼，再一臉猶豫地看向我。

「是沒關係啦……我跟他其實不熟，只在大班課上講過兩、三次話。」

「我明白了。」

「阿靜。」正當我要走出去時，詩織叫住了我，「真、真的沒問題嗎？」

「放心，妳先在這裡等。」

棕髮男在櫃檯不耐煩地用指甲直敲桌子，見出來的人是我，立刻沉下臉來。只能說，這人的表情還真豐富。

「不好意思，因為對方問的是古典音樂相關的問題……所以我無法代她接聽。」我露出店員才有的諂笑。

棕髮男嘆了一口氣，將拿著的CD隨手往桌上一丟，說：「抱歉，這些幫我放回原位。」

「好的。」

「……欸，遠野每個星期四都有班嗎？」

「我們的班表每週都不一樣。另外，她已經有男朋友了。」

我邊打量桌上的CD邊隨口說出這件事，兩片CD都是不太知名的日本地下樂團。

「啊？真的假的？」

棕髮男身體前傾，皺著眉盯著我。

「真的。」

「聽你在屁，她那麼怕男生，怎麼可能有男朋友。」

這人已經開始口不擇言了。我冷冷看向他醜態百出的臉，放下CD，向他比出右手無名指。

「她無名指上戴著戒指不是嗎？那就是她男朋友送她的。」

他臭著一張臉沒有回話，看來他根本沒注意到戒指，真是個好命的傢伙。

「……總之，請您別再來我們店裡追女生了。還有，您時間上沒問題嗎？」

棕髮男拿出手機一看，喊了一聲「媽呀」就匆匆跑出店外。雖然我知道他一定聽不到，但還是習慣性地說了「謝謝光臨」。用跑的應該趕得上考試吧？只是現在烈日當空，免不了一身臭汗就是了。

「他走了。」

我探頭向內場喊道。

原本坐在椅子上的詩織連忙跑了出來，似乎還沒放下警戒。

「不好意思，謝謝。」

「不會。」

我拿著兩張CD往貨架走去，說：「剛才那個人，前天也來過一次。」

「真的？」詩織坐回櫃檯，瞪大眼睛問道。

「他應該不會再來了，我跟他說妳有男朋友了，還告誡他不要再來我們店裡追女生。」

「……追女生……？」

詩織的聲音中混著些許驚訝，我愕然看向她。

「不然妳以為他想做什麼？」

被我不經意地一問，詩織的臉頰瞬間浮上兩朵紅雲。

「也、也不是啦，我只是……突然被陌生人搭話、問一大堆問題，有點混亂……所以沒想過他要幹什麼……」

她結結巴巴地辯解道。我別過頭，將兩片CD放回原位，再將被弄得亂七八糟的CD架依序排列整齊。在愛情方面，詩織或許比我想像中的更遲鈍。

……她最近之所以心不在焉，是因為被那個男生糾纏嗎？

我將倒掉的CD扶起，心想：「應該不是吧，不然我不會現在才注意到。但如果不是，詩織到底是怎麼了？」

——阿靜，你也去問問看小詩嘛。

腦中響起智子姐的聲音。我看向店門口，智子姐已去了半小時，店裡也沒有客人，詩織則在櫃檯裡垂頭喪氣，似乎在為剛剛才理解的事感到尷尬。

我摸了摸口袋裡的菸盒，深吸一口氣，問道：「詩織，妳最近經常心不在焉，是因為剛才那人的關係嗎？」

「不是，跟他無關——」

話一出口，詩織就後悔了。因為她這麼說，等於間接承認自己在為某件事煩惱。我走到櫃檯前，像棕髮男一樣隔著櫃檯看著詩織。她咬著唇怯怯地看著我，似乎很擔心我會進一步追問原因。

「智子姐很擔心妳。」

詩織瞬間垂下雙眼。

「……對不起。」

「她以為是我害的。」

詩織張大眼睛猛搖頭，我對她笑了笑，怕她自責。

「妳不想說我就不問。但我覺得，如果妳真有煩惱，可以試著和別人商量看看。」

「嗯……」

「像是……徹哥之類的。」

「徹哥？」

「我之前和徹哥商量過一次，他的意見很受用喔。」

詩織眨了幾下眼睛後陷入沉思。我進內場擰了一條抹布，正在擦貨架時，智子姐回來了。

「抱歉，我遲到了！」她懷中的紙袋裡插了兩根法國麵包，「沒辦法，因為店家跟我說，再等十分鐘法國麵包和起士麵包就出爐了。要是你們也會等吧？我當場吃了一口剛出爐的麵包，整個驚為天人，還拿了一份回家給阿徹才過來。你們肚子餓了嗎？不餓的話也保證吃得下，因為剛出爐的麵包實在太好吃了！你們誰要先吃？女士優先？」

「妳們先請吧。」我附和道。

「詩織走，我們去開派對。」智子姐把詩織從位子上趕下來，拉著她走進內場。她倆的互動還是這麼像姐妹。我擦完貨架後回到櫃檯的位子上，聞著內場傳來的麵包香，肚子還真有點餓了。

＊＊＊

星期六，徹哥一整天都在店裡，詩織卻遲遲未去找他商量。我知道詩織其實很猶豫，因為她時不時就往工場方向看。於是，星期天傍晚，我趁著智子姐在櫃檯和常客聊天時，難得自己泡了咖啡。雖說冰箱裡就有冰咖啡，但徹哥比較喜歡喝熱的。

「詩織要喝嗎？」

店裡的咖啡用具應有盡有，我自知手藝不如徹哥，所以選擇用咖啡機沖泡。我轉頭看向詩織，她對我輕輕點頭，從表情看來，她已經明白我泡咖啡的用意。

在等咖啡的期間，我在換氣扇下抽菸。智子姐前陣子不知道從哪弄來一大堆包裝紙，詩織正默默將這些包裝紙裁成書套大小。我將咖啡倒入三個馬克杯中，之所以沒有準備智子姐的份，是因為智子姐最近只喝冰咖啡，而且她現在正在和常客聊天，不聊個二、三十分鐘絕不會罷休。

我將三杯咖啡放在托盤上，回到自己的座位，拿了一杯放在自己眼前。詩織沒有拿咖啡，只是停下手邊的動作，一語不發地盯著我的手。

「——詩織。」

她被我的喚聲嚇了一跳。

我將托盤推向她說：「妳可以幫我把咖啡端去給徹哥嗎？」

約愣了三秒後，詩織才頷首起身，用微微發抖的手拿起托盤。她走到半掩的工場門口，輕輕說了聲「失禮了」，態度有如國中生進入導師室般地謹慎。我默默地看著她，在心中祝福她能夠一切順利。

半晌，工場的門關了起來。

我輕輕嘆口氣，拿出一根菸。

同事之間這麼做，應該不算逾矩吧。

＊＊＊

然而，詩織不到十分鐘便從工場走出來，心情看上去還是不好。她將自己的馬克杯放在長桌上，默默又開始工作。

「阿靜，」大約三分鐘後，她露出淡淡的微笑，「不好意思，還讓你費心幫我安排。」

「……我不知道妳在說什麼耶。」

我們沒有再說話，自顧自地埋首於工作之中。好不容易熬到智子姐下班，我離開長桌到外場顧櫃檯，將ＣＤ換成湯姆・培帝的專輯。之後陸陸續續有客人進來，一位年輕女生買了徹哥做的胸針，四十幾歲的男性買了月岡芳年的雜誌特輯，最後來店的年輕情侶則買了《那年夏天》[2]的ＤＶＤ。

收店時我終於見到徹哥，他正和詩織不知道在說什麼，臉上一如往常沒有表情。接下來我們三個都很沉默，拉上鐵門後，徹哥沒說話就直接離開，我和詩織則站在門口目送他離開的背影。

「該怎麼說呢……」往公車站出發時，我開口道，「有事想問卻不敢問的靜默，比平時更沉重呢。」

一直低著頭的詩織，此時終於抬起頭。有時看著她我都會忍不住心想，既然都露出那麼悲傷的表情了，為何不直接哭出來呢。

「妳會後悔找徹哥商量嗎？」

詩織搖搖頭。

「不會，我很慶幸。」

她的聲音宛如在沉吟一般，聽起來很沒說服力。

詩織沒有再說下去。我本想和平時一樣拿貓當擋箭牌，但今天路邊的白尾貓不在，害得我沒有安全話題可說，只能任憑沉默蔓延。

沒想到，詩織率先打破了沉默。

「店裡的《那年夏天》賣掉了對不對？」

我先是愣了一下，轉頭看向詩織，她直視著前方沒有看我。

「——對。」

「你看過那部電影嗎？」

「沒看過。」

「是發生在海邊的故事。」她的口氣充滿平靜。

「是喔。」我點點頭，聽到「海」這個字，不禁停下了腳步。詩織繼續往前走了幾步後，轉過頭來對我微笑。

「很笨對吧……我啊，把店裡有海的商品的位置全都背起來了。DVD、CD、寫真集、旅行雜誌、明信片……為了不讓自己看到海，所以全都記住了。」

我走到她的身邊，因為她的聲音很小，不靠近根本就聽不到。詩織咬了一下唇，抬頭望向天空。那裡什麼都沒有，然而她的表情卻是如此虔誠，彷彿在找尋著什麼似的。

「李寫了封信給我。」

「……他說什麼？」

「他說他要結婚了，然後……」她的視線從夜空悠悠落至地面，「他們打算在結婚典禮

2.二〇〇六年上映的韓國電影，又譯為《愛，在那年盛夏》。

前在海邊辦一場追思會，希望我能親自到洛杉磯參加。已經三年了……」

詩織的聲音在顫抖。三年……我馬上意會過來她在說什麼。

她失去春見洋介三年了。

「我想，他們大概是想聚在一起回憶他。我也想去，好想去好想去，可是……」

「……妳跟徹哥商量的就是這件事嗎？」

詩織看著我點點頭，嘴角浮現一絲苦笑。

「他說，如果真的很重要就去啊。」

徹哥的回答非常簡短，非常直接，也非常正確。

「妳會去嗎？」

詩織再度遙望遠方。

「不知道。」

她的口氣淨是茫然。我很想說些什麼，卻無言以對，只好默默繼續向前走。此時的靜默雖不如剛才沉重，卻令人感到煩躁。

我們走過公車站牌，在詩織家巷口停了下來。

她歪著頭對我微笑道：「晚安，阿靜。」

「晚安。」

目送她進到公寓後，我才調頭往回走。

——詩織不能看到海。

走著走著，腦中突然浮現徹哥說的話。

＊＊＊

星期一的第一節課是英文期末考，老師幫大家分組，要我們用英文演一段自己喜歡的電影或影集片段。我和一個沒什麼交集的女同學被分到一組，依她的要求選了一部我沒看過的影集。雖說我只是照本宣科，但只要臺詞唸對就沒問題。

第二節的法文課是筆試，比早上的話劇好應付一點。我把會的題目寫好，又半猜半想寫完其他題目，提早十分鐘交卷。第三節課因上週已交出期末報告，所以這週不用上課。

之後我到吸菸區抽菸，滿腦子都是昨晚詩織說的話，以及她當時的表情。

——我也想去，好想去好想去，可是……

十二點半，我打開「時鐘小偷」的店門，正在顧櫃檯的智子姐睜大了眼睛說：「阿靜，你今天好早喔。」徹哥正在布置咖啡區，一位男客人正在翻閱照片集。

我問智子姐。

「詩織呢？」

「她在內場吃飯休息。對了，我又買了上次那家的麵包，你要不要——」

「今天下午如果我們兩個不在，店裡忙得過來嗎？」

智子姐話說到一半被我打斷，卻沒有面露不悅之色。她一臉認真地看著我，然後微微一笑說：「忙得過來。」

「——我想帶她去一個地方。」

「是喔。」

智子姐點點頭起身，沒有問我要去哪裡，臉上淨是溫柔。

只能說，她就是這樣的人。

「小詩，吃飽了嗎？正好，妳過來一下。」

智子姐對著內場喊道。詩織匆匆忙忙出來後，看到我先是嚇了一跳，但也沒多說什麼，旋即轉向智子姐。

「小詩，我要妳幫我跑一趟。」

「好，去哪裡？」

「阿靜知道地點，妳就跟著他去吧。」

詩織瞪大眼睛看向我。智子姐大多都是自己出門，很少叫我們跑腿。就算有，也是叫我們其中一個去買東西，從未要我們一起行動。

「走吧。」

我才說完，智子姐就擅自脫下詩織的圍裙。

「等一下，我——」

「路上小心喔。」

智子姐露出偶爾才有的成熟笑容。徹哥從頭到尾沒看我們一眼，只能說，他就是這樣的人。

我打開店門，門上的掛鈴叮鈴作響。

七月的最後一個星期一，蟬鳴擾耳，天氣悶熱得令人煩躁。

這種日子，最適合去海邊了。

詩織追了上來，一頭霧水問道：「阿靜，我們要去哪裡？」

「車站。」

「要坐電車？」她回頭看向店裡，「我沒拿錢包……」

「沒關係，我來付。」

看到詩織幾乎是用跑的，我這才注意到自己走得太快，趕緊放慢腳步和她並肩而行。詩織夏天也很少露出肌膚，她今天穿著深藍色和白色相間的橫條T恤，配上深藍色的長裙，我不知道她穿的那種鞋子叫什麼，總之是好走的平底鞋。

她歪頭看著我。

「我們要去哪裡……？」

「遠方。」

「遠方……？」

我沒有正面回答她。到車站後，我買了兩張到轉乘站的車票。詩織應該中途就會發現，但無所謂。

因為一旦出發了，就沒有回頭的餘地。

於她如此，於我也是如此。

搭上電車後，我突然意識到自己最近都在學校的步行範圍內活動。我站在車門邊，詩織則抓著座位邊的扶手站在我身旁。我一路看著車外，假裝沒看見她有話想說的表情。

＊＊＊

「阿靜……」

隨著人潮一起下車後，詩織見我沒有往出口走去，而是往另一個月臺移動，終於忍不住開口。從她惶惑的口氣聽來，她應該已經有所察覺。

一路上對她視而不見的我，也終於轉頭看向她。

「妳想的沒錯。」

我刻意不帶感情地說道。她蒼白著一張臉，遲遲說不出話來。

詩織踉踉蹌蹌前進了幾步，雙腳卻不聽使喚停了下來。我沒有說話，只是安靜陪在她身旁。巨大的車站，擁擠的人潮，周遭的味道讓我想起小學裡的飼育小屋[3]，沒人願意多看我們一眼。

「……我們要去海邊？」

半晌，詩織終於開口。她低著頭，聲音細如蚊蚋。

「沒錯。」

我回答。

「為什麼？」

她抬起頭，臉上淨是青澀和稚氣，宛如被惡夢嚇醒的孩子。

我閉上雙眼。

——我想，他們大概是想聚在一起回憶他。我也想去，好想去好想去，可是……

「因為妳說妳想去海邊。」

詩織用左手摀住嘴巴，再度低下頭。此時此刻的她已四肢發軟，但見到我往前走，還是硬著頭皮跟了上來。

3. 日本小學裡讓孩童餵養兔子、小雞等小動物的小屋。

＊＊＊

利用等待發車的五分鐘空檔，我到商店買了一盒卡洛里美得和兩瓶茶，然後和詩織走進月臺上的電車。

東京的電車通常都是人滿為患，然而這輛電車上卻沒什麼人，令我感到新奇不已。

詩織依舊俯著身，我與她並肩而坐，將茶遞給她。

「謝謝。」

她小聲道謝後接過茶，將寶特瓶緊緊握在雙手之中，沒有要喝的意思。我沒有管她，自顧自地用茶吞了一條卡洛里美得。關門鈴響時，詩織抬頭望向車門，卻也沒打算下車。

門關起來的那一瞬間，詩織縮了一下身子。隨後再度低下頭，一動也不動。

電車在地下行駛幾站後爬上地面。我看著前方的窗外發呆，映入眼簾的淨是不熟悉的街道景色。不過這也是當然的，因為我從未搭過這條線。電車還要好幾站才會到達海邊，然而一出到地面，旁邊就是一條運河。

水……

我看向詩織，她沒有抬頭，只是一味盯著自己握著寶特瓶的雙手。

隨著列車速度加快，窗外的景色變得越來越模糊。

雖說我人就住在東京，但搬來也還不滿兩年，再加上不常出門，所以對這塊土地其實不太熟。以前有女友時，她們偶爾會帶我去一些知名約會景點，但也僅此而已。

東京很小，卻是盤根錯節，令人眼花撩亂。

沉浸在思緒之中，我漏聽了站名，瞬間不曉得自己身處何地。

帶著深愛的人前往未知的城鎮。

總覺得好像在逃亡似的。

我想要逃離什麼？

河口、船、遠方的摩天輪，高速公路的指示牌上畫著機場的標誌。

我平常搭車，都是自己一個人戴耳機聽音樂，已經很久沒有聆聽電車的運轉聲和陌生人的聲音了。在毫無防備的狀態下置身於人群之中，更讓我有種自己不屬於這裡的感覺。

要遠離日常生活，其實很簡單。

沿途停靠的車站都很冷清，上下車的人也不多。說起來，我老家那邊的車站也是這麼寂寥，高中時我每天都像這樣，搭乘空蕩蕩的電車上下學。

不過才兩年前的事，卻感覺如此遙遠。

剛才還在遠方的摩天輪，不知不覺已來到我的身後，近得彷彿觸手可及。高速公路的另一頭是一座座的工廠和華廈，過了高樓區後，電車駛進低矮的住宅區。

到達迪士尼樂園附近的車站時，車外人聲鼎沸。令人窒息的空氣在車門關上後終於消失殆盡。住宅區蓋滿了大同小異的房子，不禁讓我想起《剪刀手愛德華》中那現實與想像交錯的世界。公寓外是一扇又一扇的窗戶，一座又一座的陽臺。看著陽臺上隨風搖曳的衣服，一股奇妙的感覺湧上我的心頭——

竟然有這麼多人在我不知道的城鎮中生活。

我這一輩子，大概都不會遇見住在那些房子裡的人。

但是……

我看向身邊的詩織。她雙眼緊閉，握著寶特瓶的雙手不時顫抖。我知道她並未入睡，而是在祈禱，在恐懼，等待這輛列車將她載到未知的目的地。

但是我遇見了詩織。

遇見了智子姐，也遇見了徹哥。

——這裡離「時鐘小偷」有多遠呢？

霎時間，我感到一陣頭暈目眩。

我到底要帶詩織去哪裡？

沒去過的天橋，沒看過的工廠，沒聽過的地名。

窗外的路上淨是卡車，除了車子與綠樹，完全不見海的蹤影。

詩織依然沒有抬起頭來。

終於，一片巨大的高樓群映入我的眼簾。電車開始減速後，我將臉靠近詩織耳邊。

「下一站是終點。」

3 水平線的另一端

——我不敢看到海。

自那年夏天春見離開後，我便對海出現了排斥反應，光是看到天氣預報瞬間閃過的海洋畫面都會作嘔不已。高三夏天，我的精神變得非常不穩定，完全無法控制自己，有一陣子甚至無法進食，還因此住進醫院。

——今年有辦法考試嗎？妳要不要考東京以外的大學？

爸媽只擔心我的學業。看著從病房白色窗簾透進來的日光，我好想離開這裡，無論哪裡都好，只求能遠遠離開這裡。

我想起來了。遇見春見前，我每天都這麼想。

我看向坐在床邊的媽媽。

——不用換志願，我可以準備考試。媽媽，我只求妳一件事，別逼我去學校。

我想遠遠離開這裡。說實在話，我很想學春見遠赴美國，但當時的我實在沒有能力跨過海到國外生活。既然如此，那我就去東京，去那個到處都是人，卻沒有人認識我與春見的地方。

之後我每天把自己關在家裡，拚命地背單字、解數學、背日本史，遠離所有可能影響情緒的東西，幾乎不去學校，不開電視，不看電影，甚至連小說也不讀了。
夏天過後，我的學力偏差值[4]突飛猛進，模擬考也考出了漂亮的成績。
去東京成了我活著的唯一目的。
我只想帶著春見的回憶，離開這座小鎮。
爸媽為了我，把家裡跟海有關的東西全都收了起來。只要我在客廳，他們就不會開電視。就連原本掛在走廊上的日本美景月曆，也默默換成了花草月曆。
海。海。奪走春見生命的海。
他留學時經常眺望的海。
春見說，他喜歡看著海浪一波波地打上岸，那樣能讓他心裡好過一些。
——和遠野妳在一起也有一樣的效果。
仰望天空時，我總會想起春見。一想到春見看海時可能會想到我，我就好害怕、好害怕。被大海吞噬的那一刻，他在想些什麼呢？海。海。奪走春見生命的海。
春見走後，我夢過他無數次。
醒來時總是淚流滿面，嘴邊的淚水，嚐起來就像海水般苦鹹。
我不想再經歷那樣悲傷、痛苦而孤獨的夜晚了。
也不想再看見那片可怕的大海。
所以才會一直仰望天空。

「……我們要去海邊？」

「沒錯。」

「為什麼？」

「因為妳說妳想去海邊。」

「……」

＊＊＊

我低著頭，跟著阿靜的鞋子走。

補好票後，他把我的那張遞給我，與我一起出站。車站裡充滿了餐廳食物的味道，沒有潮水的氣味，也看不見海。

我看著地上。

這裡是哪裡？

因為不知道什麼時候會看到海，所以我在電車上一直閉著眼睛，不敢看外面。

我的腦中被許多人、許多話所占據，偶爾聽見車廂的站名廣播，卻根本聽不進去。

4. 日本高中用來判定學生學業水準高低的分數。

——詩織，來洛杉磯一趟吧，和我與艾咪、幾個朋友到海邊陪洋介。

——別害怕，無須對海感到恐懼。

「要稍微走一段路。雖說現在是陰天，但還是很熱，妳如果想休息要跟我說喔。」

阿靜說完便往前走，我則繼續跟著他的鞋子。

只要跟著他走，就一定能到海邊。

……是嗎？

我們坐了那麼久的電車，這裡離「時鐘小偷」一定很遠。我好想念智子姐還有徹哥。那家店既溫暖又柔軟，待在店裡的時光，就有如躺在吊床上般舒適。

為什麼阿靜要把我帶離店裡，來到這麼遙遠的地方呢？

——因為妳說妳想去海邊。

我根本就不想去海邊，也不想看到海。

之所以那麼猶豫，是因為約我的是李。

因為他是春見的摯友，告訴我春見死訊的人。

我……

收到信後，心裡就一直很掙扎。理性告訴我應該要去，感性卻像個調皮的孩子不斷跳出來阻止我。再這樣下去，我就算想破頭也歸納不出結論。所以昨天，我第一次找徹哥談了工作以外的事情。

——徹哥，我不敢看到海。

——我知道。

——但是，有個人約我去海邊……做很重要的事。

——很重要的事。

——對。

——很重要嗎？

——對。

——那就去啊。

徹哥的低沉嗓音粗糙如沙。我點點頭，好想哭，卻又哭不出來。徹哥沒有多作解釋，直接結束話題，把注意力放回工作上。

他給了我非常簡短的正確答案。

我終於明白為什麼智子姐這麼重視徹哥說的話，因為徹哥絕對不會說謊。我雖然有滿腹的話想說，卻還是說了聲謝謝就離開工場。因為我怕自己一開口就停不下來，更怕徹哥聽我說完後，把一切都說得很簡單，告訴我理所應當的做法、天經地義的處理方式。

我當然知道應該要怎麼做，但若從徹哥口中說出來，我怕我會承受不住。

因為即便沒人跟我說，我也已經……

「抱歉，我們才走了一半。」

「……」

阿靜的聲音將我從思緒中拉回現實，我抬起頭，只見他滿頭大汗，一臉擔心地看著我。

「比我想像中的還要遠，要休息一下嗎？」

我一點都不累，也不知道自己出站後走了多久，彷彿這身體根本不是自己的。見我搖搖頭，阿靜伸手把我手上的寶特瓶拿走。若不是這個動作，我早已忘記自己還拿著飲料。

「喝點吧。」

他轉開瓶蓋遞給我。我雖然不會渴，但還是乖乖喝了幾口，任憑已經不冰的綠茶流過我的喉嚨。天色依然灰濛濛的，雲層擋住了太陽的光芒。因為靠近海邊的關係，這裡的風很大。強風吹亂了我的髮，看不見前方，就連身體都被吹得左搖右晃。阿靜見狀，趕緊收走我手上的飲料，蓋上蓋子放入自己的包包中。這下子，我沒有東西可拿了。

阿靜一動也不動地注視著我。

「很遠也沒關係。」

我說。

「到不了也沒關係。」

即便想去某個地方，也不是每次都能夠順利到達的。

「走吧。」

阿靜低語，轉身繼續往前走。

＊＊＊

在那之後，不知道走了多久。

或許是一小段路，又或許走了很遠，一路上我不斷看著地面。阿靜似乎很擔心我會突然不見，不時回頭確認我還在不在。

我們走上一座天橋，進到一個像是公園的地方。走了一陣子後，地上突然出現沙子。

——是海沙。

我立刻停下腳步，倒吸一口氣。

——洋介他死了，在海邊溺死了。

走在前方的阿靜似乎轉了過來。

「快到了喔。」

我沒有抬頭，阿靜等了片刻又立刻向前走，我一路跟著的鞋子，就這麼離開了我的視線。

然而，我沒有追上去。

因為前面就是大海。

再向前走就是海邊。

我緊緊閉上雙眼。

和那時一樣，和春見的喪禮時一模一樣。那些我所放棄的軀殼、感情，這一瞬間突然都回來了。

我咬著唇，用左手握住右手無名指，好用力好用力。

——我已經想好要買什麼了，為了感謝妳至今對我的付出，是份大禮唷。

如今我依舊相信，我們的愛會持續到永遠。

也許大大已然長眠，櫻花終至凋謝，我再也看不到春見的笑容，這個世界總有一天也會灰飛煙滅。

但是，我們的愛將永遠存在，絕對絕對不會消失。

所以……

「——詩織。」

阿靜調頭走了回來，我能感受他的靠近，卻依然低著頭，也沒有睜開眼睛。

「妳要喝茶嗎？」

他心如止水，毫無情緒起伏。見我搖搖頭，他冷靜地說：「那我們走吧。」

「不要……」

我低喃道。

「什麼？」

「我不要去，我不想看海。」

「那妳就看天空吧。」

「……」

——看天空吧，天空。

我不受控制地抬起頭，聽阿靜——又或是說聽春見的話，看向天空。水彩畫般的稀疏灰雲之間，一架飛機正飛過。

——這裡只有即將遠行的人和遠行歸來的人。

我目不轉睛地看著那架飛機，直到它變小，變小，再變小，小到看不見為止。失去目標後，我搖晃了一陣，突然想到阿靜還在我面前，趕緊看向他。

「有看到海嗎？」

「沒有……」

我搖搖頭。阿靜很高，只要專注望向他，就只會看到他和天空。

「如果不想看，就把眼睛閉上。」

阿靜漆黑的瞳孔直視著我，聲音不帶有一絲感情。為什麼他不責怪我呢？如果他對我發怒，打破沙鍋問到底，又或是表示同情，我反而會比較冷靜。

然而，阿靜卻只是淡然以對。我閉上雙眼，逃避他的眼眸。

「把手伸出來。」

阿靜握住我微微舉起的左手，我不由得全身僵硬。

微濕而溫暖的手。

——我有多久沒和人牽手了？

阿靜拉著我向前走。

閉著眼睛雖然看不見東西，感覺卻特別靈敏。踏上沙灘時，因沙子比想像中的還要深，所以我有些站不穩。多虧阿靜一路支撐住我，才沒有跌倒。

「聽到波浪聲了。」

他說。

「……有鳥在叫。」

我為了不讓自己聽見波浪聲，一直在尋找其他聲音。鳥鳴、孩子的嬉鬧聲、風聲……但一切都是徒勞無功，因為波浪聲還是無情地傳入我的耳中。

我閉著眼睛，在腦中想像各種海的畫面。整整三年，我對海避之唯恐不及，即便是以前最喜歡的書和電影，只要有海我都不看。然而，越是想要刻意遺忘，海的模樣越是深深烙印在我的腦海裡。

我甚至懷疑，這三年的每一分每一秒，我是不是都在想海的事情？

彷彿為了尋找答案一般，此時此刻，我來到了大海面前。

阿靜停下腳步。

我無法順利呼吸，用右手摀住口鼻。我好想睜開眼睛，卻又不願睜開眼睛。我已經厭倦思考了。我好害怕。害怕什麼？一切的一切都令我感到害怕。此刻大海就在眼前，我知道，也能感受得到。我在海邊，我終究還是來到了海邊。

「——詩織，睜開眼睛。」

阿靜的聲音有如風平浪靜的海面，令人安心。

「沒什麼好怕的。」

＊＊＊

睜開眼睛，是海。

「……」

彷彿在追逐褪去的浪潮，我往前走了幾步，卻兩腿一軟跌坐在地。透過裙襬，我能感受到海沙的溫熱。

是海。

是真正的海。

「啊……」

奪走春見生命的海。

——洋介他死了。

快滿三年了。

我失去春見的時間，竟比和他相處的時間還要久。

竟然快滿三年了？

「為什麼……」

為什麼時間要過得那麼快？

我想繼續沉浸在悲傷與痛苦之中，任憑傷口發炎疼痛。

我不要任何人來救我，只求時間就此停止。

如果無法停留在過去，只求時間不要沖淡任何一絲記憶。

無論事過如何境遷，只求我不要有所改變。

「因為……」

我跟他說，我會等他回來。

我跟他約好了。

我必須遵守約定。

——只要妳今後一直陪在我身邊，就足夠了。

我好想一直陪在他身邊。

廣闊無垠，一望無際。

水平線上的船隻，是從何而來，又要往何處去？
——到喜歡的地方與喜歡的人一起生活。
春見又在哪裡？
如果我知道他在哪裡的話……
「我好想去找他……」
我終於說出來了。
說出那句我一直說不出口的話。
風吹浪起，大海就在我的眼前。
為什麼不帶我走。
為什麼不帶我和他一起走……
「我好想他。」
大海近在眼前，卻又如此遙遠，不肯將我吞噬其中。
我緊握著春見給我的戒指。
那是我倆最後的羈絆。
——He's with you.（他就在妳身邊。）
如同暴風雨般的情感自體內一湧而出。
我無力抵抗，只能嚎啕大哭。

＊＊＊

忘了是哪一部電影說過，海沒有記憶。

我淚流不止，不斷哭泣。

好不容易止住眼淚，我望著油畫般的深灰色海面發呆。

多麼希望剛才能有一股大浪將我帶走，卻未能得償所願。

我抱著膝蓋，眨眨眼，數著浮在水平線上的船隻。

突然感覺到有人碰我，轉過頭一看，阿靜不知什麼時候坐到我的左邊，正幫我撥掉頭髮上的沙子。

——對喔。

我想起來了。

是他帶我來海邊的。

「還會怕海嗎？」

與我四目交接的那一刻，他這麼問道。

我搖搖頭。

「——但是，不怕也很可怕。」

因哭得太久，我的喉嚨好痛，聲音沙啞。

我將視線從阿靜臉上移開，看向大海。

「一想到自己能在沒有他的世界若無其事地活下去，就讓我感到好害怕。」

所以，這三年來，我才不敢讓自己看到海。

我想要沉浸在失去春見的痛苦之中。

停留在春見喜歡的那個自己。

我想，我一定是變了。我一直在逃避，也不想承認這個事實。

因為我不願只有自己改變。

「——詩織。」

我吸了一口氣，轉頭看向阿靜。

平時總是面無表情的他，此時此刻臉上淨是溫柔。

他偶爾就會露出這種令人驚訝的溫柔表情。

「我喜歡妳。」

「……」

「所以我希望妳能幸福。」

我張開嘴巴，卻發不出任何聲音。阿靜微笑起身。

「我答應妳，今後我會保持妳想要的距離，待在妳希望我在的地方。妳需要我時，我會在妳身邊，不需要我時，我就站得遠遠的……這是我們未來的約定。」

「未來……」

「無論如何，請妳務必記住這一點。」

阿靜注視著我。我對他點點頭，好久沒聽到「未來」兩個字了。

看向自己的右手，手心紅通通的，沾滿了海沙。

未來就在前方。

即便我用盡全力，也無法阻止時鐘指針繼續前進。

未來正在等著我。

「——詩織，該妳了。」

我抬起頭看向阿靜，他看著海繼續說。

「我已經對喜歡的人說出想說的話了，妳應該也有話想對他說吧？」

我想對春見說的話。

三年前，那個青澀的自己說不出口的話。

我站了起來，輕輕吸了口氣。

宛如在祈禱一般，吻著戒指說。

「我永遠愛你。」

終章

詩織在回程的電車上睡著了。

傍晚時間車上坐滿了人，比來時還要擁擠。每每電車一晃，詩織的頭就會差點碰到我的肩膀。

看著詩織與窗外快速變化的風景，我不禁感嘆，今天真是漫長的一天。

——阿靜。

離開海濱公園前，詩織又回頭看了一眼大海說道。

——我一定會去美國的。

因為放聲痛哭的關係，她的嗓子有些沙啞。

——什麼時候？

——今年夏天。可以的話，我想去留學。

我一時之間無言以對，她則微笑看著我。

——他曾跟我說，住在國外的孤獨感非常特別。我想知道那是什麼感覺，我一直很希望能夠離開這裡，一個人到遠方，是時候該有所行動了，我得思考接下來該怎麼做。

說完，詩織對我伸出右手，咬了一下唇，歪著頭露出害羞的笑容。

——謝謝你，阿靜。

我第一次見她這樣笑。

不帶有一絲寂寞，發自內心的笑容。

我用左手摀住臉苦笑。雖然我不希望她去留學，但只要是她的選擇，只要她能露出快樂的笑靨，我都應該為她高興。

——若需要我幫忙，隨時跟我說。

說完，我緊緊握住她小小的右手。

我們相視而笑，放開彼此的手，一起走到車站。

要說的都已經說完了，一路上我們幾乎沒有交談。

才坐上車沒多久，詩織便進入夢鄉。

「……嗯……」

她挪了挪身子，輕聲呻吟。

再過兩站，我就要叫醒身邊的女孩，與她一起回到「時鐘小偷」。這一點，我還是做得到的。

現在的我已別無所求。

雖然不知道以後會發生什麼事。

雖然對未來一無所知。

但是此時此刻，這就是我的幸福。

原作者的話

聽到自己創作的歌曲〈Dear〉要改編成小說時，我的心情是複雜的。一方面充滿了期待，一方面又很擔心，文章作品是否能夠順利呈現出這首歌的概念。

〈Dear〉是二〇〇八年三月推出的歌曲，原是「First Sound Story系列」的第五首歌。該系列是由〈Birth〉、〈Voice〉、〈憂鬱〉、〈Tears In Blues〉、〈Dear〉、〈Gratitude〉六首歌所組成。

因為〈Dear〉只是其中一首歌，我不禁開始胡思亂想，擔心小說內容會和原歌曲的風格背景相差甚遠。現在回想起來，才發現自己根本是杞人憂天。

讀完深澤先生的初稿後，我是既滿足又興奮，心中感受簡直無以言喻。

本書是以「First Sound Story系列」中的〈Dear〉為基礎，衍生出另一個故事，創造出全新的《Dear》。

我很感謝深澤老師，能夠幫我把新的《Dear》寫成如此充滿魅力的作品。

深澤老師，真的很謝謝你。

而越島老師細緻而唯美的插畫，更讓整篇故事增色不少，進而成就了這本好書。

希望本書能讓各位想要再三回味、一讀再讀。
期待下次相逢。

19's Sound Factory

後記

大家好，我是深澤。

印象中每次寫後記都是夏天。還記得我在上本書的後記裡寫到，想要提升自己的寫作速度，結果卻反而越寫越慢，真是怪了……

事隔良久，我終於出了這本單行本。

這本輕小說，是基於19's Sound Factory創作的歌曲〈Dear〉所寫成的故事。

雖然《First Sound Story》是六首歌曲所組成的故事，但我在構思這篇作品時，只有聽〈Dear〉這首歌。

寫這本書時，我就決定要把它獻給無數的〈Dear〉樂迷，希望大家在讀這本書時，就像在看比較長的ＭＶ一樣，也希望讀者看完後能對原曲〈Dear〉產生興趣。

要在不爆雷的情況下介紹這本小說就只有四個字：愛情故事。

真的就只有這樣嘛。

接下來我要和各位聊聊「海」。

我去過洛杉磯好幾次，當然也有去當地海邊散步。我房間的書架上有一幅手掌大小的海灘畫，上面寫有「聖塔莫尼卡」的字樣。我不記得是跟誰買的了，因為每次在路邊看到有人在賣畫，我總會掏腰包捧場。

記得在洛杉磯海邊散步時，有人在衝浪，有小孩子過來跟我搭話。但說起海的模樣，我就不太記得了。其實也不只洛杉磯，我對海的記憶都是模糊的。小學六年級到高中畢業，我住在海邊小鎮，每天都看著同一片海上下學，卻也沒有留下鮮明的記憶。大概是因為海實在太大了，很難令人印象深刻吧。

《敲開天堂的門》是我很喜歡的一部電影。兩名男主角在醫院診斷出絕症末期，因擔心「天堂裡大家都在聊海的話題，沒看過海會跟大家沒話聊」，他們在住院期間一起偷車逃出醫院，一路開向海邊。光看簡介就知道這是個很棒的故事。電影中天堂裡的熱門話題，就是無人不知無人不曉的「海」。

我念高中時，曾到美國科羅拉多州留學。科羅拉多因位於內陸，班上有幾位同學從未親眼看過海。現在回想起來，不知道在他們的想像中，海是什麼模樣呢？好想知道他們親眼見到海後有什麼感想。

在沒有海的科羅拉多，我因找不到地方放空發呆，還去了墓園一趟。因為那裡有美麗的草皮，還有可以坐的樓梯。不過，我對這段記憶不是很有自信，總覺得很有可能只是一場夢。到底是真是假，我也不清楚。在寫小說版《Dear》時，我突然有一種感覺，無論是大海還是墓園，都是想像勝過現實感官的地方。

下列是我在寫這本書時聽的音樂。這些都是我配合故事內容挑選的曲子，不是隨機播放喔。「時鐘小偷」平常播的大概就是這些歌吧。

■Dear／初音未來　■I Can't Make You Love Me／邦妮・芮特　■Lazaretto／傑克・懷特　■Moon River／佩蒂・葛瑞芬　■Long Ride Home／佩蒂・葛瑞芬　■Make You Feel My Love／巴布・狄倫　■Every Picture Tells a Story／洛・史都華　■For You／崔西・查普曼　■Square One／湯姆・培帝　■If I Die Young／派瑞樂團　■I Will Follow You Into the Dark／俏妞的死亡計程車　■Bring on the Wonder／蘇珊・依南　■Overjoyed／火柴盒二十　■What Are They Doing in Heaven Today／華盛頓・菲利浦　■Knockin' on Heaven's Door／槍與玫瑰

最後，我要向看到這裡的各位，以及本書的相關工作人員致上最深的謝意。

謝謝你們大家。

希望各位會喜歡故事中的世界，以及活在裡面的每一個人。

深澤仁

國家圖書館出版品預行編目資料

Dear / 19's Sound Factory 原作；深澤仁著；劉愛夌 譯.--初版.--臺北市：平裝本.
2017.03
面；公分.--（平裝本叢書；第450種）
（@小說；56）
譯自：Dear（ディア）
ISBN 978-986-93793-5-9(平裝)

861.57 106001895

平裝本叢書第450種
@小說056

Dear

Dear（ディア）

原　　作—19's Sound Factory
小　　說—深澤仁
譯　　者—劉愛夌
發 行 人—平雲
出版發行—平裝本出版有限公司
台北市敦化北路120巷50號
電話◎02-27168888
郵撥帳號◎18999606號
皇冠出版社(香港)有限公司
香港銅鑼灣道180號百樂商業中心
19字樓1903室
電話◎2529-1778　傳真◎2527-0904
總 編 輯—許婷婷
責任編輯—蔡承歡
美術設計—嚴昱琳
著作完成日期—2015年
初版一刷日期—2017年03月
初版五刷日期—2023年02月
法律顧問—王惠光律師

讀者服務傳真專線◎02-27150507
電腦編號◎435056
ISBN◎978-986-93793-5-9
Printed in Taiwan
本書定價◎新台幣280元/港幣93元